光文社文庫

文庫書下ろし／長編時代小説

鵺《ぬえ》女《め》狩り

佐伯泰英

光　文　社

この作品は光文社文庫のために書下ろされました。

目次

鵺女《ぬえめ》狩り

夏目影二郎始末旅

序章

天保《てんぽう》十三年（一八四二）の夏が過ぎた江戸の巷《ちまた》に不平不満、怨嗟《えんさ》の声が満ち溢《あふ》れていた。むろん老中水野《みずの》忠邦《ただくに》の天保の改革に反対する声だ。前年から極端と思える贅沢禁止令が矢継ぎ早に出され、そのことが世間と景気を萎縮させているというのだ。

この年に入って神田須田町の髪結い常吉が、さらには豆腐屋与八が法外な高値で商いをしているというので咎《とが》めを受けた。また、裏長屋住まいの男衆《おとこし》の楽しみの、富士講は娯楽的色彩が強いというので中止の憂き目に、三月に入ると、小唄、浄瑠璃《じょうるり》、三味線など女師匠が弟子をとることを禁じられ、翌月には初鰹《はつがつお》など初物の売り買いを停止した。さらには楊弓場に女の矢拾いをおくことを、役者の似顔絵、錦絵の発売禁止、夏になると高価な鉢植えものの取引が駄目になった。

七代目市川団十郎が、

「華美な暮らし」

を咎められ、江戸追放を命じられたのは六月二十二日のことだった。

この水野忠邦のあれも駄目これも駄目という政策に対し、

「天保の改革とは名ばかり、世の中潰し」

という不満の声が渦巻いて今や爆発寸前だった。

老中水野忠邦の改革の先頭に立って強引な取締りを行うのが南町奉行鳥居忠耀《とりいただてる》（耀蔵《ようぞう》）こと妖怪奉行と、妖怪奉行が組織した、

「南町奉行所　御禁令取締隊」

だ。水野の思い付きの策を鳥居が強引に推し進めようとして処々方々で諍《いさか》い騒ぎが生じていた。

どこかすっきりとしない秋たけなわの頃、三好町市兵衛長屋《みよしちょういちべえながや》ではあかが元気をなくした。

「夏の疲れが出たのかねえ」

ぐったりとどぶ板の上に寝転がるあかを見下ろしながらおはるが呟《つぶや》いた。

商いに出かけようとしていた棒手振《ぼてふ》りの杉次《すぎじ》が女房の言葉に、

「犬に夏ばてがあるものか、こりゃ、怠け病だぞ。あかの奴、ここんとこ楽してよ、怠け

癖をつけたんだ。南町の妖怪奉行に気付かれてみな、犬の癖に怠け癖とはなんだ、生意気であるってんで、ばっさりと首を刎《は》ねられるぜ」

と秋の陽に真っ黒に日焼けした顔で非情な言葉を吐いた。むろん本心ではない。

「だって昨晩のめしだって残しているよ」

麦飯に焼き魚の骨などを塗《まぶ》してあった昨夜《ゆうべ》のえさが半分ほど残り、その上に銀蠅《ぎんばえ》が飛んでいた。そんな隣人夫婦の声を影二郎《えいじろう》は寝床の中で聞いていた。こちらも飼い犬同様、怠惰な動きで床から起き上がり、手拭《てぬぐい》をぶら下げて戸口に立ち、

「それがしも気になっておったのだ、おはるさん」

と会話に加わった。

「やっぱり旦那も気付いていたか」

「あかがえさを残すのはよほどのことだ」

「だろ、どこか具合が悪いかねえ。となると医者に聞くのが一番だよ」

「犬の医者がおるか」

「犬も人間も同じ生き物だね、物入りだが人間の医者に相談してみなよ」

「そう致すか」

と影二郎とおはるが話をする傍らから天秤棒を担いだ杉次が、

「へえん、そんなことを本気で考えているとよ、ほんとうにこの長屋に南町奉行所御禁令取締隊が乗り込んでくるぜ」

と杉次が言い残して、商いに出ていった。

影二郎は井戸端で顔を洗いながら、

(どうしたものか)

と思案を巡らした。

刻限は六つ半(午前七時)過ぎか。秋の陽射しにしては強烈な陽光が市兵衛長屋の狭い庭に差し込み、じりじりと照らし付けていた。そんな光の下、だれが植えたか、らっきょうが紫色の花を咲かせていた。

「若菜《わかな》に相談するしか手はないか」

影二郎は長屋に戻ると外出の仕度をした。

市兵衛長屋から浅草西仲町《にしなかまち》の甘味処《かんみどころ》あらし山までそう遠くはないが、陽光が強くなる前に行くほうがあかのためにはよかろうと判断した。

一文字笠《いちもんじがさ》を被《かぶ》り、着流しの腰に南北朝期の鍛冶《かじ》法城寺佐常《ほうじようじすけつね》が作刀の大薙刀《おおなぎなた》を刃渡り二尺五寸三分の刀に鍛《う》ち変えた大業物《おおわざもの》と脇差《わきざし》粟田口国安《あわたぐちくにやす》を手挟《たばさ》むと、

「あか、西仲町に参るぞ」

と声をかけた。

その言葉が分かったか、あかは顔だけをどぶ板の上からわずかに上げた。

「歩けるか」

のっそりと起き上がったあかはまず水を飲んだ。

「旦那、一晩過ぎたえさは始末しておくよ」

「おはるどの、頼もう」

「亭主はあんな口を聞くがねえ、なんにしてもあかは長屋の飼い犬だ。元気にならなきゃあ、寂しいよ」

杉次の悪態もあか可愛さと承知していた。

影二郎は市兵衛長屋の一軒の閉じられた戸を見た。

「昨夜、新しい住人が越してきたか」

おはるが眉を寄せて影二郎に近づき、

「三つを頭《かしら》に三人の年子がいる女だがね、悔しいくらいいい女なんだ。亭主の姿を見ないところを見ると、ありゃ、妾だね。長屋で悶着を起こさなければいいがねえ」

と潜《ひそ》めた声で言った。大家でもないのに取り越し苦労と思えるおはるの心配に苦笑いした影二郎が、

「行くぞ、あか」

と声をかけると、あかはのそのそと影二郎に従う気配を見せた。

「戦旗《いくさばた》」

と長屋の住人に呼ばれる尻尾《しっぽ》が垂れていた。

主従が木戸から路地に出ると大川の方角から白い光が差し込んできた。

影二郎が御厩河岸《おんまやがし》之渡し場を振り向くと大川の水面がきらきらと光っていた。

御蔵前《おくらまえ》通りをゆっくりと北へ向かう。

あかの足取りはどことなく弱々しくとぼとぼとした感じだ。

「あか、ふけこむ歳《とし》でもあるまい」

影二郎が生まれたばかりの捨て犬を武州と上州境を流れる利根川の河原で拾ったのは六年前の夏、天保七年のことだった。赤毛ゆえ、

「あか」

と名付けられた犬は六歳を迎え、立派な体格の成犬に育っていた。

御蔵前通りから西仲町への通りに折れた。西に向かう通りにはどこも日陰がなかった。

「なんだかえらく暑いな」

影二郎は普段の半分ほどの足の運びで甘味処あらし山の門前まであかを伴った。ちょう

ど女衆《おんなし》らによって掃除が終わったところで打ち水が涼気を放っていた。そんな女衆の中に万代《まんだい》おかよの姿もあった。

「おかよ、慣れたか」

おかよは、御徒《おかち》十二番組三十俵二人扶持《ににんぶち》万代次三郎《じさぶろう》の娘だ。父が病に倒れ、薬代を稼ごうと母五月《さつき》の育てた朝顔を弟の修理之助《しゅりのすけ》と売りに出て、影二郎や若菜と知り合い、あらし山に連れて来られて付き合いが始まった。

万代家の内情を知った若菜らの勧めでおかよがあらし山で働くことになったのだ。

「お陰様で皆様に親切にして頂き、慣れましてございます」

「影二郎様、おかよさんは飲み込みが早くてお客様にも親切にございましてな、おかよさんは気遣いがいいと、はや評判にございますよ」

と若菜が姿を見せて言った。

「それなればなによりだ。分からぬことがあれば若菜や姉様衆に聞くのだぞ」

「はい」

とおかよが素直にも返答した。

「それにしても影二郎様、えろう早い刻限にあかを連れてお出でになりましたな」

若菜が改めて驚きと喜びの混ざった声を上げて主従を迎えた。

「若菜、あかが元気がないのだ。どうすればよい」

「あら、どうしたの、あか」

と若菜があかの前にしゃがみ、両手を差し出すとあかが甘えて若菜の膝に頭を摺《す》り寄せた。

「夏の疲れかしら」

「とは思うがのう」

「じじ様が詳しいわ、聞いてみます」

と立ち上がった若菜が、

「お長屋に出向こうと考えていたところです」

「なにか急用か」

「お父上からお使いがございまして、今夕影二郎様とあらし山で会いたいという言付《ことづ》けにございました」

「また御用かのう」

「そう申されませずお父上をお助け下され」

「近頃父上の出世の道具に使われているように思えてな、いっそ島流しに遭っていたほうがなんぼか清々《せいせい》致したのではないかと思うこともある」

「あら、そうなれば若菜とも出会うこともなかったのですよ」

「そうか、そうであったな。それは困った」

影二郎と若菜が連れ立って広い店の土間に入ると祖父の添太郎《そえたろう》が、

「あかが元気がないてか、瑛二郎《えいじろう》」

と影二郎の本名で呼びかけた。

「じじ様、遠耳ですな」

「年寄りになれば近くより遠くの話がよう聞こえるわ」

というと影二郎の後ろに従っていたあかを眺め、毛艶《けづや》や舌先や目を調べ、最後に腹を両手で触っていたが、

「悪い病にかかったというわけではあるまい。夏の疲れが秋口に出たというやつだ。それなればじじ様がよう効く薬を持っておるわ。あか、ほれ、奥に来よ」

とあかを連れて行った。影二郎は、

「これで一安心かな」

と胸を撫で下ろした。

第一話　東浦道《とうほどう》の刺客

一

夕刻まであらし山で時を過ごすことになった影二郎は、市ケ谷御門《いちがやごもん》内の練兵館道場を訪れることにした。

あかは添太郎が与えた薬草が効いたか母屋の風が通る土間で眠り込んでいた。

練兵館道場は言わずと知れた神道無念流《しんとうむねんりゅう》斎藤弥九郎《さいとうやくろう》が率いる剣術家集団で、天保期、

「位は桃井《ももい》、技は千葉、力は斎藤」

と世間で評されるほどの三大道場の一つだ。むろん千葉は北辰一刀流玄武館《げんぶかん》の千葉周作、桃井は鏡新明智流《きょうしんめいちりゅう》士学館の桃井春蔵直正《しゅんぞうなおまさ》を示す。

影二郎は若き日、士学館に学び、道場のある場所をとって、

「アサリ河岸の鬼」

とか、

「位の桃井に鬼が棲む」

と呼ばれたことがあった。

先日この練兵館に、幕臣にして伊豆代官の江川太郎左衛門《えがわたろうざえもん》に呼び出され、立会い稽古をする羽目になった。その折の訪問の理由は南町奉行鳥居忠耀に付け狙われる高島秋帆《たかしましゅうはん》の身を案じてのことであった。

江川太郎左衛門と斎藤弥九郎とは岡田十松《じゅうまつ》門下の兄弟弟子、弥九郎が兄弟子にあたった。弟弟子の江川太郎左衛門は弥九郎が独立して練兵館道場を率いるようになって、改めて師弟の契りを結んでいた。一方、道場を離れると太郎左衛門の後見役として伊豆代官手代を務めて扶持を貰っていたから、剣の師弟は反対に主従関係でも結ばれていた。

この日、影二郎が練兵館を訪れたのは四つ（午前十時）過ぎのことだ。

朝稽古の峠は越えて通いの門弟たちの大半がすでに引き上げていた。だが、筆頭師範の城《じょう》ノ《の》内玉三郎《うちたまさぶろう》が、

「おおっ、夏目影二郎どの、よいところに参られた。稽古を付けて下され」

と迎え、練兵館の猛者《もさ》連中古谷猪蔵《ふるたにいぞう》、佐野辰次郎《さのたつじろう》、園田平八郎《そのだへいはちろう》らが張り切った。なにし

ろ過日、ふらりと道場に姿を見せた、着流しの夏目影二郎に軽くあしらわれていた。それだけに鏡新明智流士学館道場の、

「アサリ河岸の鬼」

打倒に向けて連日の猛稽古を続けてきた城ノ内らだ。

見所《けんじょ》には道場主の斎藤弥九郎の姿も見物客もいなかった。

「師範、先生のお姿が見えぬがよかろうか」

「あの日以来先生は、夏目影二郎どのは参られぬか、と首を長くして待っておられましたぞ。本日は御用にて他出しておられますが、夏目どのが参られたと聞かれたら先生はきっと喜ばれます。もはや夏目影二郎どのはアサリ河岸の士学館から市ヶ谷御門の練兵館へと稽古場を鞍替えしたと申してよかろう」

と城ノ内が自らを得心させるように言い、仲間らが大きく首肯《しゅこう》した。

若き日の夏目瑛二郎にはアサリ河岸の士学館で、「アサリ河岸の鬼」と呼ばれた時代もあった。だが、父の常磐秀信《ときわひでのぶ》と桃井春蔵の内々の相談で春蔵の妹を娶《めと》らされ、士学館の後継となる約定がなされたと聞かされたとき、瑛二郎のアサリ河岸通いは終わった。

その当時、瑛二郎には二世《にせ》を誓った吉原の局見世《つぼねみせ》女郎萌《じょろうもえ》がいたのだ。アサリ河岸の道場を出た瑛二郎は、門前仲町《もんぜんなかちょう》の祖父添太郎の下《もと》へ戻り、名も影二郎と改名して無頼の徒

に加わった経緯があった。

桃井春蔵の弟子でありながら、アサリ河岸の道場には足が向けられない影二郎に斎藤弥九郎が稽古場を提供してくれたともいえた。

「お言葉に甘え、汗を流させて頂く」

影二郎の言葉に若い門弟が竹刀《しない》を持参して、

「夏目先生、これをお使い下さい」

と差し出した。

「お借りする」

十八歳くらいか、紅顔の顔には畏敬の念が漂っていた。過日の影二郎の竹刀捌《さば》きに驚嘆した一人だろう。

「そなたは」

「阿部伊織《あべいおり》にございます」

「相手を務めてくれぬか」

「数多《あまた》の諸先輩を差し置いてそれがしでよろしいのでしょうか」

「稽古に格別順はなかろう」

「はい」

影二郎は無紋の黒小袖の着流しの腰から法城寺佐常を抜いた。すると、

「お預かり致します」

と阿部伊織が大薙刀を鍛ち変えたゆえに反《そ》りの強い豪剣を壁際の高床に持参して丁寧に置いた。

「伊織、そなた、われらを差し置いて真っ先に夏目様に稽古を付けてもらうつもりか」

その伊織に古い門弟が抗議するように言った。

「新田様、夏目様のご指名にございますれば致し方ございませぬ」

伊織は影二郎の前に走り戻ると改めて、

「お稽古お願い申します」

と願った。

「こちらこそ頼もう」

伊織は少年の体から成人の体付きに変わる時期で、節のない若竹のようにすらりとしていた。身の丈は五尺七寸余か。

伊織が緊張を刷いた顔の奥歯を嚙み締め、竹刀を正眼《せいがん》に構えた。

影二郎も正眼に置いた。

その瞬間、伊織は蛇に睨《にら》まれた蛙のように萎縮してしなやかに見えた若竹の体が固まっ

た。

「お待ちあれ」

影二郎が竹刀を引くと、

「過ぎた緊張は稽古の差し障りになるばかりだ、それでは体が自由に動くまい。若いうちは無謀と思えるくらいの元気で掛かればよい」

「はい」

「竹刀をいったん下ろしなされ」

「はっ」

伊織が素直に影二郎の言葉に従った。

「ほれ、深呼吸をな、大きく二度三度繰り返されよ」

伊織が肩を下げて息を吸い、縮めた体を大きく伸ばしながら息を大きく吐いた。何度か繰り返されるうちに体がほぐれた。

「それでよい。その気持ちのままに上段から正眼へと竹刀をおろしてみなされ」

伊織の正眼がぴたりと決まった。

「よいよい」

影二郎が構えた。

若竹が思い切りよく踏み込んできた。竹刀が影二郎の体に向かって振り下ろされたが、間合いには達しなかった。

「参られよ」

「はっ」

影二郎の竹刀が流れる伊織の竹刀を弾き、横手を通り抜けさせると反転した。すると伊織も体勢を転じていた。

「その踏み込みを忘れてはならぬ」

「はい」

再び眦《まなじり》を決した伊織が突っ込んできた。

影二郎の竹刀が軽やかに躍って弾いた。すると伊織の体が横手に流れた。それでも必死に構えを戻した。

「かたちを固めて、それ打ち込め」

「よい、それでよい」

「上体が流れておるぞ、それでは相手に届くまいぞ」

影二郎は伊織の一つひとつの動きに注意を与え、鼓舞しながら攻めさせた。

伊織の動きが段々に流れるようになり、五体から無益な力みが消えた。だが、それも長くは続かなかった。直ぐに伊織の下半身が崩れ、顔から汗が流れ始めた。

修羅場を潜《くぐ》ってきた影二郎の構えに威圧された結果だ。

「よし、今日はここまで」

影二郎の言葉によろよろと竹刀を引いた伊織が床に正座をしようとして尻餅《しりもち》をついた。

「どうした、伊織」

筆頭師範の城ノ内が声をかけた。

「はっ、師範。なぜか腰がふらつき、目が霞みまして」

答える言葉も息絶え絶えだ。

「そなた、どれほど夏目様に稽古を付けてもらったと思う」

ふうっ
と肩で息を吐《つ》いた伊織が、

「一刻はたっぷりもまれましたか、師範」

ふわはっは
と城ノ内が高笑いして、

「そなた、ひょろひょろと行ったり来たりを何度か繰り返しただけだ。四半刻《しはんとき》といいたいが、どうおまけをつけてもそれにも足りぬわ」

「えっ」

と伊織が驚いた。

「私にはえらく長い時間稽古を付けて頂いたような気持ちです」

「伊織、見ておれ。稽古がどのようなものか、練兵館筆頭師範が手本を見せてくれん」

というと城ノ内が影二郎に、

「夏目どの、宜しく願おう」

と一礼した。

「ずるいぞ、師範。伊織に親切に声を掛ける体《てい》で二番手に志願なさるとは順番を待っていたわれらはどうなる」

「佐野、ここは長幼の序だ。それがしの後に願え」

城ノ内玉三郎が筆頭師範の老練さで言い負かすと影二郎と打ち込み稽古に入ろうと向き合った。城ノ内は、

「過日の失態は繰り返さぬ」

という自信があった。あの日以来、

「打倒夏目影二郎」

だけを目標に稽古を積んできた城ノ内だった。だが、影二郎と向き合うと自然体で立つ

相手に体が萎縮していくのが分かった。影二郎の痩身から静かに放たれる、

「凄み」

を先日の立会いに城ノ内玉三郎は感じ取れなかった。

（なんだ、これは）

「暫時《ざんじ》お待ちあれ」

城ノ内は影二郎に断ると構えた竹刀を下ろし、息を整え直した。

「お待たせ申しました、夏目どの」

再び相正眼に竹刀を構えた。

目と目が合った。

城ノ内ほどの老練な剣術家が、
ふわり
と前に出た。

（しまった）

と思った瞬間、城ノ内は得意の小手切り落としを放っていた。体に染み込ませた技が咄《とっ》嗟《さ》に出た。この小手、仕留め技ではない。次の二手、三手の前触れだ。当然、相手が間合いを外したり、弾いたりした瞬間、

「得たり」

と小手から面へ変幻したり、小手を繰り返したりと途轍《とてつ》もなく素早く繰り返される連続技が待っていた。

影二郎は城ノ内を引き付けるだけ引き付けておいて、
そより
と竹刀を翻した。

次の瞬間、影二郎の竹刀が城ノ内の小手を反対に叩き、なんとか竹刀を離さなかったが手首がじーんと痺《しび》れていた。

城ノ内はその衝撃を押し隠して面に変化させた。が、いつの間に変化したか、影二郎の竹刀で弾かれていた。

城ノ内は得意の連続攻撃を繰り出していた。

打ち合いの間合いで繰り出される技を影二郎が丁寧に受け続けた。

(よし、この動きの中で勝機を見出《みいだ》せ)

と自らに言い聞かせ、仕留めの胴打ちをいつ繰り出すか、その機会を狙った。

道場から悲鳴が上がった。

次の瞬間、城ノ内玉三郎の背が、

どーん
と大きな音を立ててぶち当たった。

(なんだ、これは)

城ノ内の視界に朋輩たちの驚きの顔が映り、自らが道場の羽目板に押し込まれていることを悟った。

「なんということか」

城ノ内は呆然として竹刀を下げた。

「師範、ちと力みがござる」

「なんと伊織に注意したそれがしが伊織と同じ轍を踏むとは」

城ノ内が嘆き、影二郎がするすると道場の真ん中に戻った。

城ノ内は自らが犯した行動に理解がつかぬのか、背の壁板を恨めしそうに見た。

「おれとしたことが」

すごすごと道場の中央に戻った城ノ内を影二郎が迎えた。

「こちらから参ります」

影二郎が宣告した。

はっ

と城ノ内玉三郎が我に返り、追い詰められて剣術家の冷静と意地を取り戻した。

「参られよ」

いつもの受け太刀に戻った城ノ内玉三郎に影二郎が仮借《かしやく》のない攻めを見せた。すると剣士の本能で受けた城ノ内が反撃に転じ、攻守が交互に繰り返される緊迫した稽古が展開され始めた。

この日、影二郎は十数人の練兵館の猛者連を相手に二刻半以上も、休みなく動き続けた。そのせいで清々しい汗を掻《か》くことが出来た。

練兵館近くの蕎麦《そば》屋に席を移した城ノ内らと影二郎は昼食に蕎麦を食し、そこでも剣談義に華が咲いた。

影二郎にとって久しぶりに無心になって稽古をし、同好の士と語らえる貴重な時間であった。

市ヶ谷御門内からの帰り道、影二郎は阿部伊織と同じ道を辿《たど》ることになった。

「お父上は幕臣か」

「はい。御徒頭《おかちがしら》にございます」

御徒頭は将軍出行の折、先行して道中の通りなどを警戒する武官で武芸熟練者から抜擢された。旗本でも中位の職掌である。

「そなた、嫡男か」

「はい。父の跡を継ぐには未だ剣術は未熟です」

「齢《とし》はいくつか」

「十七歳にございます」

「体が出来ればかたちになろう。よいか、小手先の技を身につけるでないぞ。斎藤弥九郎先生の教えを守り、まず下半身を鍛えよ」

「はい」

と答えた伊織が、

「夏目様は浅草門前西仲町がご実家にございますか」

「承知か」

「それがしの屋敷は元鳥越《もととりごえ》にございます」

「浅草寺《せんそうじ》を挟んで表と裏か、近いな」

「母者《ははじゃ》があらし山の十文甘味が大好きで道場の帰りに立ち寄って購《あがな》ったことがございます」

「ならば今日も立ち寄れ」

二人があらし山の門前に到着したとき、若菜が乗物から下りる常磐秀信を迎えていた。

「父上、早い到着にございますな」

秀信に話しかける影二郎を伊織が不思議そうな顔で見た。夏目影二郎を浪人と見ていたからだろう。

「阿部どの、紹介しておこうか」

影二郎が伊織を秀信に紹介し、

「阿部どのの父上は御徒頭じゃそうにございます」

と付け加えた。

「御徒頭の阿部どのとは、阿部大学どのか」

御徒頭は持ち場ごとに二十組あり、二十人が就いていた。

「いかにも父にございますが」

伊織の顔はいよいよ訝《いぶか》しく変わった。

「大目付常磐秀信である、お父上に宜しゅうな」

なぜかご機嫌の秀信がさっさと門内に姿を消した。

伊織は驚きのあまり言葉に窮したか、秀信の背を黙って見送った。

「若菜、伊織どのの母御がうちの甘味が好物じゃそうな。包んでくれぬか」

「承知しました。阿部様、しばらく茶なと飲んでお待ち下さい」

にこやかな笑みを浮かべた若菜が言いかけると伊織が顔を真っ赤に染めて頷《うなず》いた。

「夏目様のお父上が大目付常磐様とは存じませんでした」

「おれは妾腹だ、気にするな」

影二郎があっさりと答え、首肯した伊織が、

「あのう、ただ今の若菜様と申されるお方はどなたにございますか」

「おれの女房どのになる女だ」

「夏目様の奥方に」

「無頼の浪人の嫁女、奥方もあるものか」

「驚きました」

若い伊織が呟くように言った。

二

あらし山名物の蕎麦餅などいろいろな甘味を持たされた伊織が、

「次は母を連れて参ります」

と影二郎と若菜に見送られて辞去したあと、影二郎は奥へ通った。すると秀信が添太郎《そえたろう》

相手ににこやかに茶を喫していた。

「父上、なんぞよきことが城中でありましたか」

「よきこと、そうそうこの世の中にあろうはずもないわ」

と茶碗を掌《て》で撫で回していた秀信が、

「齢をとれば仏心も湧く。どうだ、添太郎、それがしと遍路旅に参らぬか」

と突然言い出した。

「殿様、私めは未だあらし山の商いが案じられて江戸を離れて弘法大師の真似事をする気にはなりませぬよ」

「ならば瑛二郎、供をせよ」

今度は影二郎に秀信の矛先が向けられた。

「父上、遍路は弘法大師と常に同行《どうぎよう》二人《ににん》、連れなんぞ要りませぬ。行きたければお一人でどうぞ参られませ」

「そなたら、冷たいのう」

とそれでもご機嫌の秀信に影二郎が聞いた。

「ははあ、そのような心境になられるとは、養母上《ははうえ》と諍いでもなされましたか」

秀信は常磐家に婿入りして鈴女《すずじよ》と夫婦になっていた。

鈴女は家付きの娘だけに気も強く、そのせいで秀信は外に影二郎の母のみつと別所帯を持った。

みつはあらし山の一人娘、添太郎といくの子であり、影二郎の実母だ。

みつが亡くなった今も鈴女はかつての秀信の所業を許さず、常磐家に主秀信の居場所があるとは言い難かった。それは無役から将軍の代理として大身旗本、大名を監察する立場の大目付の要職に出世した今も変わりなかった。

城下がりの途次、秀信が息抜きにあらし山に立ち寄る理由でもあった。

「鈴女のことは申すな」

秀信が一瞬現実を思い出したか苦々しい顔になったが、直《す》ぐににこやかな顔に戻した。

「おかしゅうございますな」

「なにがだな、瑛二郎」

秀信は当然本名で呼んだ。

「遍路旅に参らぬかと申されたことですよ」

影二郎が問い返すところに祖母のいくと若菜が酒を運んできて、いくが、

「殿様、お遍路に参られますか。いくは前々から四国遍路に行きとうございましたがこの齢ではな」

と言い出した。

「ふむふむ、いくだけはわしの気持ちが分かりそうな」

「父上、そう焦《じ》らされずに胸の中のものを開陳なされ」

影二郎がもったいぶった秀信に迫った。

「まあ、城中で変わったことといえば、此度《こたび》道中奉行の兼帯を命じられたくらいだ。ただ今より多忙になる、煩《わずら》わしいことよ」

とどことなく得意げに秀信が言った。

「ほう、道中御奉行を格別に命じられましたか。殿様、今まで以上に忙しくなるとはなんともお気の毒な」

「添太郎、いかにも気の毒じゃ」

と秀信が応じ、若菜の差し出す酒器を手にした。そして、添太郎が銚子から酒を注《つ》ぎ、

「頂戴しようか」

と秀信が美味《おいし》そうに飲み干した。

「父上、ご出世おめでとうございます」

影二郎が頭を下げて祝辞を述べた。

「影二郎、殿様の役職に変わりはないのだぞ」

添太郎が注意した。

「じじ様、父上が務めておられる大目付には、道中御奉行、宗門御改《おあらため》加役人別帳《にんべつちょう》御改、御日記帳御改、服忌令分限帳御改、さらには御鉄砲指物《さしもの》御改と本務のほかに諸々の加役がございますがな、道中御奉行を兼帯する者は大目付の首座に就くという習わしにございます。この役職、将軍家の代理として旗本、大名を総監察なされる立場ゆえ御目代と申し、老中をも監察する立場に立たれたという意味ですぞ」

「な、なんと殿様が老中の上に」

「添太郎、大目付が老中支配下にあることに変わりはないわ」

「殿様の新しい役職、老中の上なので下なので」

添太郎が困ったような顔で聞いた。

「じじ様、神君家康公が作られた仕組みの巧妙なところですよ。父上の大目付という要職、確かに老中の支配下には変わりない。だが、筆頭大目付ともなれば、譜代大名である老中をも監督糾弾する権限を有されたということです」

「なんとも複雑な」

と困惑の顔をした添太郎が、

「なにはともあれ、ご出世おめでとうございます」

と祝意を述べ、同席した女二人もそれに和した。

「父上、なぜ遍路の話など持ち出されましたな」

影二郎が最前から疑問に思う秀信の言葉を問い詰めた。

「道中御奉行の兼帯になるにはしばしの間があってな。そこでわしは、道中御奉行の役目を務めるためにも諸国の道々を隠密に歩いて自らの目で見てみようかと考えたまでじゃ」

「本気なのでございますか」

「瑛二郎、冗談など申すものか。ただしだ、いくが行きたいという四国遍路はいかにも遠い。そこでな、城中でよきことを聞いた。空海師が修行なされた八十八箇所遍路道が伊豆にもあるというではないか。四国遍路を歩き通すには江戸から遠いばかりか、三百五十里もある。一方伊豆八十八箇所はおよそ百六十余里というでな、これなればわしでも歩き通すことができようかと思うたのだ」

「なんと三百五十里とか百六十余里とか途方もないわ」

といくが現実を突きつけられて早々に旗を巻いた。

影二郎は未だ秀信の真意を摑みかねていた。

幕閣にあるものがそうそう簡単に役職を離れて遍路旅に出られるわけもない。だが、秀信は此度、

「道中御奉行」

の兼帯を命じられたという。

この役目、御勘定奉行公事方《くじかた》の加役で道中奉行を兼ねる者のさらに上になる。五街道ばかりか日本諸国津々浦々の道路を監督する長であるから、秀信の言い分も通らないわけではない。

「参られますか」

「行こうと決めた」

とあっさりと答えた秀信が、

「確かに遍路旅は弘法大師空海師と同行二人である。だが、わし一人ではちと心もとない」

「物々しい行列で遍路もございますまい。父上は打ってつけの者をお持ちだ」

「だれだ」

「菱沼《ひしぬま》喜十郎《きじゅうろう》、おこま親子です。あの父子なれば遍路旅に適任にございますし、頼りにもなります」

秀信の顔が険しくなった。

菱沼親子は秀信が勘定奉行を命じられた頃から秀信の密偵を務めていた。

「此度の遍路旅、どのような立場の者でも家臣は連れて参らぬ覚悟である」

「それがしなればよろしいので」

「そなたはわしの倅《せがれ》ではないか。親子が旅するによい機会であるし、そなたは主持ちではないし、伊豆の地にも詳しい」

秀信は影二郎の伊豆の西海岸戸田《へだ》村などの影御用の旅に触れた。

影二郎の胸に疑惑が起こった。

伊豆韮山《にらやま》には秀信の盟友というべき江川太郎左衛門の屋敷があった。遍路旅と称しているが秀信自身が密行する理由があるのではないか。

「影二郎、殿様に同道なされ」

添太郎が命じた。

「それがし、伊豆には何度か参ったことがございますが遍路道がどこをどう通じているものやら一向に存じませぬぞ」

「勉強なされ、影二郎。殿様を一人行かせてなるものか」

と添太郎は影二郎に同道を厳しく求めた。

「じじ様、父に同道するのはかまいませぬ。ただ」

「ただ、なんですな」

「今一つ、父上のお気持ちが判然としませぬでな」

「殿様は激務にお就きなんですぞ。上に立つ者、諸々と迷いがあるゆえ遍路旅に参り、弘法大師と会話を交わすと申されておられるのだ。悟りきった者が遍路旅などにいくものか」

添太郎の言葉は明瞭だった。それに比べて秀信にはなにか裏がありそうだと影二郎は思っていた。

「父上、幕臣の身分を忘れ、菱沼親子も従えず伊豆遍路に出られると申されるのですな」

「いかにも、遍路旅に家来など伴えるものか」

影二郎はしばし考えた後、

「父上が本気なれば同道致します」

と答えた。

「よしよし」

秀信が満足そうに笑みを浮かべて、

「若菜、そなたもいくか」

と酒器を差し出したが本気ではないことは明らかだった。

「殿様、私はじじ様とばば様と一緒に江戸に残ります」

若菜の語調にも一抹の不安が滲《にじ》んでいた。

「父上、遍路旅にはいつ参られます」

「そなたがそうと決まれば今宵はあらし山に泊まり、明朝にも発《た》とうか」

影二郎らは秀信を凝視した。

「善は急げと申すでな」

秀信の返事はあくまで真面目だった。

「驚きました」

「殿様、えらく慌ただしゅうございますな」

影二郎と添太郎が口々に言った。

優柔不断の気性ゆえなかなか役職に就けなかった秀信であった。それが果敢な決断ともいえた。

「若菜、すまぬが富沢町まで参り、遍路の衣装を二組揃えてきてくれぬか」

影二郎の言葉に若菜が頷き、

「菅笠、白衣、頭陀袋《ずだぶくろ》、お鈴、そんなものにございましょうか」

「金剛杖もな」

頷く若菜に、

「富沢町まで行かずとも門前町の仏具屋で揃おう」

と添太郎が言い出し、若菜が頷くと立ち上がった。

「若菜、待て、それがしも参ろう、一旦長屋に立ち戻るゆえな。遍路とは申せ、旅仕度を致さねばなるまい」

と影二郎は若菜を引き止めた。

「殿様、お屋敷の奥方様はご存じのことにございますか」

添太郎が別の懸念を聞いた。

「添太郎、奥は知らぬな」

秀信は平然と答えた。

「宜しいので」

「遍路旅に出るだけじゃぞ」

「そうでもございましょうが」

「じじ様、本日の父上になにを申されても無駄ですぞ」

と添太郎に言った影二郎は、

「父上、じじ様相手にのんびり寛《くつろ》いでいて下さい」

「仕度には金子《きんす》が要ろう」

と秀信が懐に手を差し入れた。

「遍路の装束二組、どれほどのものにございましょうや」

影二郎は言い残すと若菜と一緒にあらし山を出て、広小路に出た。

「影二郎様、御父上様の此度の一件、火急なことにございますが、なんぞ御用が絡んでのことにございましょうか」

「父上、大目付に就かれて幕閣の権謀術数やら策謀を身に付けられたようじゃな。意味があることとも思えぬが、父上にはなんぞ考えがあってのことであろう。穿鑿《せんさく》致しても仕方あるまい」

「ご苦労に存じます」

門前町の仏具屋を何軒かあたったが遍路の装束はなかなか見つからなかった。だが、四軒目の店で四国西国巡礼の装束を見付け、二組買い揃えた。

「笈摺《おいずり》も用意なされませ。これが一枚あるとないとでは朝晩の寒さがえらく違います」

笈摺とは白衣の上に重ねる袖無しだ。むろん白地仕立てだ。

「一枚もらおう」

秀信の分があればよかろうと影二郎は考えた。そして、笈摺の言葉にふと思い付き、尋ねた。

「番頭、笈《おい》はないか」

「木製は頑丈の上に雨にも濡れませぬが重うございます。軽いのは竹を網代《あじろ》に編んだ笈にございますな」

と初老の番頭が言った。

「見せてくれぬか」

網代の笈は秀信と影二郎の持ち物を入れるのにちょうどよい大きさで、軽くもあった。

法城寺佐常は布に巻き、笈の横手に括《くく》りつければ持ち運びができると大きさを眺めた。

「番頭、笈の中に遍路の装束一式二組を入れてな、西仲町のあらし山まで小僧に届けさせてくれぬか」

「やはりあらし山の若様でしたか」

と番頭は影二郎を見知っているのか、そう言うと手代を同行させるといった。

「添太郎様といくさんがいよいよ遍路に参られますか」

「じじ様とばば様は留守番よ、それがしが参る」

「おや、若様が。こんな綺麗な奥方様をほったらかしにして霊場参りとは信心深いのか、なんぞ格別お悩みをお持ちなのか」

と番頭がぶつぶつ呟いた。

「若菜、市兵衛長屋に立ち寄る、そなたはあらし山に手代と一緒に戻れ」

「御父上様は、やはり本気にございましょうか」

「本気かどうか、明日からの旅で分かろうぞ」

影二郎は一足先に仏具屋を出ると三好町の長屋に戻った。すると木戸口で一人戻った影二郎におはるが、

「あかはどうしたえ」

「あかか、あらし山でじじ様の特効薬を飲まされて眠っておるわ。素人《しろうと》診断じゃがやはり夏の疲れとのご託宣だ」

「犬にも夏は応《こた》えるんだねえ」

「亭主どのの体も気を付けられよ」

「あいよ」

影二郎は長屋に戻ると旅に入用の南蛮合羽《なんばんがっぱ》に一文字笠、脇差を出すと硯《すずり》に水を注いで墨を磨った。そして、上州国定村の久左衛門気付けで国定忠治に宛てた手紙を一通書き上げた。

久左衛門は忠治の叔父である。

影二郎も伝馬町《てんまちょう》の牢を密かに出された直後の旅で会っていた。

国定忠治にその手紙が届くかどうか、賭けであったが影二郎は書き上げた手紙に一縷《いちる》の

望みを託した。

一文字笠を被り、脇差を差すと南蛮外衣《がいい》を左の肩に掛けた。

書き上げた手紙を懐に長屋の敷居を跨ぐと杉次が商いから戻っていた。

「あかは夏ばてだってな、呆《あき》れたぜ。人間は貧乏暇なし夏ばてなんぞと言っていられねえが、あかはあらし山で静養かえ」

「まあ、そう申すな」

影二郎の恰好を見た杉次が、

「おや、どこぞに出かけるのか」

「豆州《ずしゅう》の霊場参りだ」

杉次がぽかんと口を開き、絶句した。

「おれの聞き間違いかえ。犬は夏の疲れでご静養、旦那は遍路参りに行くというのか」

「いかにも」

「なんでも駄目の世の中に遍路参りは許されるのか」

「さあてのう」

幕閣の一人の大目付常磐秀信の供で伊豆八十八箇所霊場巡りと答えたら、杉次はどんな反応を見せるか、そんな誘惑に駆られながらも、

「時に信心はよいものじゃぞ、杉次」

「棒手振りにそんな贅沢が許されるものか。勝手に霊場巡りでも湯治《とうじ》でも行ってくんな」

「しばらく留守を致すがよろしくな」

「旦那、あかをどうするんだ」

あらし山に預けるか、長屋に連れ戻るか、影二郎は思案せねばなるまいなと考えながら長屋の木戸を出た。

浅草御蔵前通りの辻に出ると読売屋が客を集め、口上を述べようとしていた。

「お上では来春の日光社参に先立ち、日光例幣使《れいへいし》街道近くの赤城山を根城にする関所破りの大罪人国定忠治と一家をいよいよ捕まえる算段を始められたよ！」

と声を張り上げた。

（忠治も身辺多忙の様子か、となるとこの文《ふみ》を書いたが無駄であったか）

と思いつつも影二郎は飛脚屋に足を向けた。

三

留学僧空海が唐より真言密教の教えを請来《しょうらい》して帰国したのは大同《だいどう》元年（八〇六）八月

二十二日とされる。

空海は高野山に金剛峯寺《こんごうぶじ》を開き、真言密教の布教を始め、仏教世界に新しい風を起こすことになる。

多忙な身の空海が伊豆を訪れた事実があったかどうか、

「桂谷《かつらだに》の山寺」

を訪れた記録が残されているそうな。

その山寺こそが伊豆霊場巡りの結願《けちがん》の八十八番札所の修禅寺《しゅぜんじ》だというのだ。そんな伊豆巡礼の慣わしが世に知られるようになるのは常磐秀信が唐突にも、

「伊豆遍路」

を思い立った天保期だった。

秀信があらし山をふらりと単身で訪れた日から四日後の早朝、豆州東海岸の風待ち湊《みなと》網代に伝馬船が着き、二つの人影と一匹の遍路が上陸した。沖には摂津《せっつ》と江戸を結ぶ便船が停泊し、伝馬は早々に便船へと戻っていった。

むろん常磐秀信と夏目影二郎父子、そして、添太郎の与えた薬効で夏の疲れが癒《い》えたあかの姿だ。

一行が上陸した網代、ただ今は熱海の一部として考えられるが江戸の宝永期、「廻船十五艘《そう》、小廻船（押送船）十八艘」を所有する湊で近隣の浦などを圧倒的に凌駕していた。それは紀州から網代に移住した御木半右衛門が将軍家に活鯛を献上する権利を有し、押送船で江戸へ搬送したからだ。また網代は江戸、上方の中継湊、風待ち湊として諸国の廻船が立ち寄り、賑わったのだ。それらを世話する廻船問屋が七軒あって盛業していた。

「父上、どちらを目指しますな」

と遍路姿の秀信に聞いた。

秀信が思案する体で返答を迷った。

影二郎があらし山に戻った四日前の夕刻、座敷には仏具屋から届けられた遍路衣装があって、白衣のあちこちに秀信が、

「同行二人」

と墨書していた。

「そなた、笈まで背負って参るとは弘法大師様の坐像でも担いでいくつもりか」

冗談を飛ばす秀信の上機嫌は相変わらず続いていた。

「いえ、それがし、未だ仏心はございませぬ。笈を負うは父上とそれがしの世俗の諸々を

運ぶためにございます」

「ほう、手回しがよいことだな」

「父上、笈に入れるべき荷はございませぬか」

「あるといえばある」

「笈に詰めておきましょうか」

影二郎は届けられた笈の背負い紐を担ぎ易《やす》いように調整した。そして、南蛮外衣や一文字笠、古布に包んだ法城寺佐常を笈の左横脇に斜めに括りつけた。影二郎が背に手を差し伸べれば柄が左肩上にきて、笈を担いでいても直ぐに先反佐常《さきぞり》を抜き打てるようにだ。笈の反対側には秀信の大小をこれも布に包んで縛り付けた。

秀信の言葉に若菜が着替えの包みを隣室から運んできた。

「ふーむ」

と影二郎は若菜の動きをいぶかしんだ。

「重うございます」

「なに、着替えではないのか」

影二郎の問いには答えず若菜が影二郎の前に差し出した。手にした影二郎は思わず、

「父上、遍路旅に大金を持参なされますか」

と問い返した。

「旅に出れば不測の事態も襲いかかろうゆえな、なにがあってもいいようになにがしか用意させた」

「われら、遍路の旅に出るのでございますな」

「いかにもさようじゃが」

秀信の返答はぬらりくらりと曖昧《あいまい》だった。

五百両は下るまいと思える包みを影二郎は笈の一番下に詰めながら、

(なにが伊豆八十八箇所巡りなものか)

空海の霊跡を巡ると称しながら生臭い道中になりそうじゃな、と覚悟した。そのとき、

「影二郎様、あかがそわそわしておりますが、どうなされますな」

と若菜が仕度を続ける影二郎に聞いたものだ。

「それだ、長屋に戻すか。あらし山にこのまま預けるか」

影二郎はあかの落ち着きのなさが秀信の訪問と関わりがありそうだと見当をつけていた。

一人微行してきたつもりでも政敵を連れてきた感じがした。

「影二郎、いっそあかをばば様と私の代参にしてお遍路に加えてくれぬか」

と添太郎が言い出した。

「あかの体はどうですな」

「夏の疲れは最前飲ませた薬草と昼寝ですっかりとれたはずじゃぞ。旅に出ればあかも気分も変わり、かえってすっきりしよう」

「あかが元気なれば一向に構いませぬ。同行二人に連れが一人と一匹か。なんとも珍妙な遍路旅になりそうな」

影二郎が言い、あかの遍路同行が決まった。

「父上、明日は七つ発ちでようございますな」

「よいよい」

その夜、夕餉《ゆうげ》に酒を楽しんだ秀信は早寝をした。

さらに一刻半後、影二郎は床の中で若菜の芳しい香りに包まれ、掌を円《まる》みを帯びて張りのある乳房に預けながら、

「とうとう父上の我儘《わがまま》に付き合う羽目になったわ」

とぼやいたものだ。

「影二郎様、御父上様と父子二人だけの道中などこれからあるかどうか。理由はなんであれ、存分に御父上様との親子遍路の旅をお楽しみ下さい」

「空海様の御心に反した旅よ、なにが遍路なものか」

と言いつつも、秀信と水入らずの旅など母のみつが生きていた時代にもなかったことだと影二郎は改めて思い知らされた。

「影二郎様、お願いがございます」

「なんだ」

「御父上様を無事に江戸へお連れ戻り下さいませ。ただ今の幕閣にはなくてはならぬお方にございます」

「いかにもさよう」

若菜の言葉に頷いた影二郎は、

「今宵一夜明日からのことは忘れさせてくれ、若菜」

掌にしっとりと吸い付く乳房を静かに揉んだ。

「あれ、影二郎様」

と若菜のしなやかな体がもだえ、明日には別れる身の二人は互いを求め合って官能の一時に我を忘れた。

翌朝、秀信の用意周到に驚かされた。

影二郎はまさか秀信が吾妻橋際《あづまばしぎわ》に伝馬を待たせているなどとは推測もしなかったからだ。

伝馬に乗り組んだとき、影二郎が、

「遍路旅と申されるゆえ江戸より陸路参るものとばかり思うておりました」

と辺りの尾行者の気配をそれとなく探ろうと目を配った。だが、あかも落ち着いており、影二郎の五感も尾行者があることを感じとっていなかった。

「瑛二郎、慌しい世の中じゃぞ、江戸から長閑《のどか》に陸路で進めるものか」

と平然と受け流した秀信は旨《うま》そうに煙草を喫《す》った。

紫煙が大川の涼気と混じって漂い、無言の船頭が操る伝馬は大川を下った。

二人と一匹の犬を乗せた伝馬は、深川越中島《えっちゅうじま》沖に出船の仕度を終えて待つ便船に横付けされ、秀信一行を乗せると白み始めた江戸湾の水中から碇《いかり》を上げ、帆を広げて早々に船出した。

相模《さがみ》と伊豆との国境が伊豆半島の入口、湯河原門川《もんがわ》（千歳川）だ。さらに熱海、宇佐美、網代と海岸沿いに半島の南端の下田まで東浦道が走っていた。

海岸線に沿うこの東浦道、

「下田道《しもだみち》」

とも、

「下田崖道」

とも呼ばれていた。

網代湊の東浦道の路傍に立った秀信は長いこと思案し、

「こちらが熱海じゃな」

と影二郎に東浦道の北を指した。

日本全国の街道を監督する筆頭大目付にしてはなんとも頼りない知識であり、方向感覚だ。

「父上、われら、海を背にしておりますれば右手がいかにも熱海にございます。また左手に進めば宇佐美、伊東へと辿り着きますぞ」

「よし、ならば宇佐美方面へと参ろうか」

と白衣、笈摺という遍路姿の秀信が金剛杖を突いて最初の一歩を踏み出した。

影二郎が白衣に笈を背負い、肩を並べた。笈の中には五百両は下らぬ小判が、両袖の布に包んだ大小二組を装着してあってなかなかの重さだった。

遍路姿は父子だけではなかった。あかも笈摺を着込み、二人の道案内をするように先に立った。

あかの笈摺はいくが徹夜で縫い上げ、添太郎が背に、

「江戸浅草寺門前嵐山主人添太郎いく代参あか」

と墨書してあった。

「瑛二郎、山紅葉《やまもみじ》が赤く染まっておるぞ」

秀信は影二郎を伴い、徒歩で旅するのが嬉しいらしく喜々とした声を上げ、海岸道に掛かる崖上に目をやった。

「まるで物見遊山かな」

と影二郎が胸の中で悪態をついてみた。

網代湊から南に下る東浦道は直ぐに宇佐美の浜を見下ろす急峻な峠に差し掛かった。もはや秀信と肩を並べて歩くことは叶わない。

あかが先頭、二番手に笈を負った影二郎、最後に金剛杖だけの秀信が続く縦隊となった。

秀信が頭陀袋に付けた鈴が足の運びにあわせて、
りんりん
と鳴った。

「城中でのう、ある物識りが伊豆の八十八箇所の霊場巡りがようやく整ったと教えてくれたのは最近のことでな、名高い四国の遍路道に触発されてのことらしい。それを聞いたとき、無性に旅がしたくなってな」

影二郎は此度の遍路旅は偽装と思っていたが、秀信は政争の場から抜け出して、徒然《つれづれ》の旅を一時《いっとき》でも夢見た父に驚きを禁じえなかった。

「父上、大目付職など投げ出して隠居なされればすぐに自由の時が持てますぞ」

秀信には正室の鈴女との間に異母兄の紳之助《しんのすけ》と異母妹の紀代《きよ》がいた。

鈴女はかねがね婿養子の秀信から早々に嫡男の紳之助に継がせたいと考えていた。

「それが出来ればのう」

「父上のお気持ち一つにございます」

秀信から返答は戻ってこなかった。

「なんにしても人々が安寧《あんねい》を求めてかような遍路旅をするのは悪いことではございますまい」

「いかにも道に多くの人々が行き来し、物が東に西に運ばれることはよいことじゃ、徳川幕府の根幹でもある。飢饉や不作が続けば人と物の流れは偏ってきて、あちらこちらで歪《ひず》みが生じ、水が淀むように停滞して濁っていく。これは困ることよ」

と再び幕閣の一員に戻った秀信が言葉を返してきた。

「権現様はな、幕藩体制の一つとして津々浦々にある集落の住人と旅する人とを交流させるべく信心の名の下に寺に出会いの場を設けさせた。そこで僧侶は住持とか住職と呼ばれる職掌を持たされるようになったそうな。この遍路の慣わしもその一つのかたちよ」

「伊豆に霊場巡りが整ったのは幕府にとってよいことなのですね」

「いかにもさようだ、瑛二郎」

と答えた秀信が、

「瑛二郎、相模の海を見てみよ。気宇壮大な気持ちになるわ。鬱々《うつうつ》とした心が洗われるようではないか」

と足を止めたか、鈴の音も消えた。

影二郎も足を止めて眼下の相模灘に浮かぶ床根岩《とこねいわ》から初島を眺め下ろした。

「気持ちようございますな」

「なんとも言いようがない。江戸を離れてよかった」

としみじみ秀信が告白した。

影二郎は幕閣の中で秀信が神経をすり減らして生き抜いていることを実感した。そして、秀信と旅に出てよかったとつくづく思った。

「瑛二郎、この伊豆の地には空海師の霊跡の遍路の外に走湯《はしりゆ》権現を信仰する伊豆廻峰《かいほう》修行が伝えられているそうな。毎年十一月一日にこの東浦道を南に下り、手石で越年して西浦道に入り、沼津、三島を経て一月二十七日に伊豆山走湯に入り、本宮大権現、白山大権現に滞在して、白山二の宿で勤行して廻峰を終えたそうな。この時、先達《せんだつ》一人、同行二人、合力《ごうりき》一人、役《えんの》行者《ぎょうじゃ》を加えて以上五人が組というぞ」

「空海師の遍路信仰より古いのですか、父上」

「これより南に下った下田白浜の三穂ヶ崎の洞窟に、『走湯山城国坊』とか『走湯客僧四人』と墨書され、宝徳《ほうとく》元年（一四四九）などと記された洞窟が残っておるというから、延暦期の遍路信仰の始まりよりずっと新しかろう。この伊豆廻峰修行が天城山を中心とした山修行じゃがな、遍路道は大半が東浦道から西浦道をつなぐ海岸縁《べり》の寺参りと、異なるようだ」

「父上は二つの信仰道をお廻りになりたいのでございますか」

と思わず影二郎は聞いていた。

「瑛二郎、今のわしにはその余裕がない。遍路道にしろ、一番札所から順に八十八番札所にお詣りするのを通し打ちと申すそうだが結願までには幾月もかかろう。此度の道中ではまず八十八番札所の修禅寺に参ろうかと思う」

と秀信は言い出した。

初めて影二郎に目的の場所を口にしたことになる。影二郎が負った笈の中の金子が修禅寺でだれぞに渡されるのか。あるいは別の場所へ足を伸ばすことになるのか。

「一番から八十八番の札所を巡らずとも空海師の御心に背かぬのでございますか」

「遍路の心は自由じゃぞ、広大無辺で融通無碍《ゆうずうむげ》こそ弘法大師の教えぞ。結願の寺から逆に廻るを逆打ちと呼ぶ、ということはそのような廻り方も許されておるということよ。ただ今のわしの気持ちにぴったりと思わぬか」

と言った秀信が、

「参ろうか」

と相模の海から峠道に注意を戻した。

秀信の鈴が再び規則正しく鳴り響き始めた。網代から宇佐美へ海を見下ろす断崖の山道を登り下りしつつ、歩を進めた。

「父上、宇佐美の浜に下りるまで朝餉は抜きにございますぞ」

「致し方あるまい。この崖道では茶屋一軒あるものか」

と秀信が言ったとき、あかが吠え声を上げた。

峠道が頂に差し掛かったとき、相模灘《なだ》を見下ろす絶景の地に海に向かって店開きした茶店を見付けた。

「父上、絶景の地に茶店がございましたぞ」

「それは吉報かな。最前致し方ないと申したが喉がからからで死にそうであったわ」

と秀信がほっとした声を上げた。

大目付職は大名、旗本を監察糾弾する役職、城中にあって神経をすり減らすだけで体を動かすことが少ない。

「よう我慢なされましたな。なんぞ口にするものがあれば頼みましょうか」

茶店には母親らしき女と娘の二人がいた。

「許せ、喉が渇いた。茶を所望したい」

と秀信が日頃の態度の鷹揚さのままに茶店に声をかけた。

影二郎が合掌すると親子も合掌を返してくれた。その光景に慌てた秀信が、

「なんという無作法を」

と恥じ入ったように影二郎の傍らに戻り、合掌した。

「遍路の旅は初めてのようですね」

「素人も素人、今朝、始めたばかりでござってな」

と影二郎が答えると、

「だれも最初がございます」

と母親が笑い、

「黄な粉餅が名物にございますが、それで宜しいですか」

「結構にござる」

と秀信が神妙に応じ、

「わが同行の犬にもなんぞ食するものはないか」

と願った。

そのとき、影二郎の五体に走り抜けたものがあった。

四日前、あらし山で感じたと同じ監視の目だ。

誰かに見張られている、これまで度々経験してきた感触だった。おそらく此度の秀信密行は城中のだれかの関心を引くことであったに違いない。

(来たれば来たれ)

と覚悟した影二郎は、娘が供してきた茶を口に含んだ。

「なんとも甘いわ」

影二郎の感動の言葉に娘がにっこりと笑った。

四

茶屋を出た秀信一行は海に落ち込む断崖の道を高く低く上り下りしながら宇佐美を目指

す。

影二郎はあかの背の毛が逆立ち、落ち着きを失っていることを見ていた。監視の目に気付いたのだ。それも複数と影二郎は察していたが、知らぬ振りを通して歩を進めた。

宇佐美の浜が遠くに望める崖道で秀信が、

「瑛二郎、ちと待て」

と足を止めさせた。

「息が切れましたか」

振り向くと秀信は海を眺めていた。

眼下に床根岩が波に洗われて浮かんでいた。その先には最前とは角度を変えた初島が見えた。

「なんの、息が切れたわけではないぞ。つい最近評定所で古き書付を見る機会に恵まれてな、そのことを思い出したまでじゃ」

「古き書付にございますか」

「偶々《たまたま》じゃが貞享《じょうきょう》四年の書付が目に留まり、読んだのだ。この二年前、小田原城主の稲葉どのが越後高田に転封《てんぽう》になられた。それを機会に網代村は小田原藩領地から幕府の直轄領に変えられた。ところがじゃ、下多賀《しもたが》村と宇佐美村が小田原の新しい藩主として入封なされた大久保様の所領に変わり、村境、海境が実に複雑になってしまったそうな。網代沖、この床根岩一帯は、海底深く好漁場ゆえに互いが海境をめぐり、争いが長く続いたとあった。江戸近くで大名領と直轄領がこう複雑に入り組んでおるところも珍しいと記憶していたで、つい立ち止まったまでじゃ」

と秀信が網代から宇佐美の浜に目を転じた。

秀信は道中奉行を兼帯する大目付筆頭の座に近々就くだけに村境海境が気になるらしい。

「城中にて書付を読むだけでは物事の判断がつかぬことが多い。こうして実際に地形を望むと領民が諍いを起こす理由が分かる。漁師は網一張り多く張れるかどうかに暮らしがかかっているでな」

「網代は幕府領、それを挟んで前後の下多賀、宇佐美は大久保様の所領地となると土地の人々の考えも異なりましょう、それに利が絡むとなると聊《いささ》か厄介ですな」

再び一行は宇佐美を目指して下り始めた。

先を行くあかがついに警戒心をむき出しにして、

ううう

と低い唸《うな》り声を上げた。

影二郎は旅慣れない秀信に合わせてゆっくりと歩調をとっていた。

そのせいで道中に時間がかかった。いつしか日は中天に移動し、一行の影は短くなっていた。

秋の陽差しが穏やかに山道に降り注ぎ、海も凪《な》いで岩にぶつかる波が白く砕け散っているばかりだ。

突然、海に稲光が走った。

雲が走り、暗雲に変わると慌しくも流れ始めた。

海上も荒れ始め、沖合いから大きな波が断崖を飲み込むように打ち寄せてきた。それまではっきりと見えていた床根岩も初島も悪天候と変わった景色の向こうに消えていた。

「これはいかぬ、雷に打たれるぞ」

「父上、落ち着きなされ。だれぞの悪戯《いたずら》にございますよ」

「悪戯とな、何者がこのような理不尽をなすか」

「さあてな、道中に出ますとようこのような目に遭いまする。心を平らに保たれると正体も見えてきます」

「そんなものか」

と呟いた秀信が深呼吸をする気配が背から伝わってきた。

空が再び光り、黒々とした海が大きくうねるのが浮かび上がった。

一段と激しい雷鳴とともに大粒の雨が落ちてきた。

影二郎は背の笈を下ろすと南蛮外衣を取り出して、

「父上、これを羽織って下され」

と秀信の笈摺の上に掛けた。

「これは天変地異ではございませぬ、悪戯は長くは続きませぬよ」

「可愛い子には旅をさせろと申すが、われら成人も時に旅に出てみるものじゃ。このような不思議を体験できるのじゃからな」

ぴかっ
と光った稲光が黒く変わった空と海を照らし、
どーん
と海上の一角に落ちた。

「瑛二郎、雷が落ちたぞ。われら、山道におるで避けようもないぞ」

と笈の傍らにしゃがみこんだ。

「まあ、その内に悪戯者が姿を見せますぞ」

「そうか、そうかのう。天候が変わったわけではないのだな」

「倅の言葉を信じなされ、父上」

表地は黒羅紗《くろラシャ》、裏地は猩々緋《しょうじょうひ》の南蛮外衣に包まれた秀信はようやく落ち着きを取り戻し、しゃがんだまま荒れ狂う風雨雷鳴を眺めた。

「吹雪《ふぶき》を楽しみ、風雨をともに致すのが道中にございます」

「それにしてもかような断崖絶壁上で異変に出会うと人など無力なものじゃのう」

「いかにもさようにございます」

あかが再び今度は激しく吠え立てた。するとどしゃぶりの雨の中から修験者《しゅげんじゃ》一行が姿を見せた。

先達一人に導かれ、同行二人、合力一人、さらに役行者を加えた伊豆廻峰修行の一行のようだ。

「瑛二郎、道を譲ってやれ」

立ち上がった秀信が山道に仁王立ちになる影二郎に命じた。

「譲ってよき連中かどうか」

「なにを申す。走湯信仰の修験者たちぞ」

役行者、役小角《えんのおづの》とも呼ぶ後方にいた者が、

ふわり

と雨煙を突いて飛び、先頭に出て、影二郎と対峙《たいじ》した。一本歯の高足駄を履き、胸前にほら貝を吊っていた。さらに鉄棒《かなぼう》を手にしている。

「な、なんだ。修験者とはかように身軽な者か」

秀信が驚きの声を上げた。

その昔、大和国《やまとのくに》葛城山《かつらぎさん》で籠《こも》って修行する呪術者が役行者の起こりである。だが、その地で妖術を用いたとして伊豆に流され、改めて修験道の開祖になり人々に敬われる存在と変わっていた。

「道をおあけ下され」

立ち止まった影二郎らに役行者が丁重に頼んだ。

「道をあけてもよいが芸を見せえ」

影二郎が命じた。

「われら、伊豆廻峰の修行者、芸人ではござらぬ」

「芸も持たぬと申すか。ならば正体を見せぬか。最前からわれらの後を付け回し、子供騙しの悪戯を仕掛けおったな」

「なにっ！　われらの正体を承知と申すか、夏目影二郎」

役行者の血相が変わり、鉄棒が、
じゃらじゃら

と鳴らされた。武器の一つでもある鉄棒の頭部にはめ込まれた鉄輪《かなわ》がぶつかり鳴る音だ。
「おれが夏目影二郎と承知とはとんだ修験者よのう」
金剛杖を手にした白衣の影二郎がその石突《いしづき》で、
とん
と山道を突いた。すると金剛杖に付けられた鈴が、
りーん
と鳴った。
役行者の鉄棒が大きく振り上げられ、虚空《こくう》で雨煙を切り裂いて回されると空と海とが一段と激しく荒れ狂った。
あかは地面にへばりついた。
秀信は尻餅を突いて倒れ、笈を両手で抱え込んだ。
影二郎だけが吹き荒《すさ》ぶ嵐の中、仁王立ちのままだ。
「おのれ、喰らえ！」
円弧を描いていた鉄棒がふいに影二郎の菅笠を被った脳天へと落ちてきた。
その瞬間、影二郎の金剛杖が目にも留まらぬ早さで突き出され、役行者の鳩尾《みぞおち》を石突が鋭く突いた。

げえええっ！

と悲鳴を上げた役行者が後方へと突き飛ばされ、先達らの体にぶつかって五人の偽修験者を山道の向こうに転がした。

その瞬間、風雨は静まり、元の穏やかな空と海が戻っていた。そして、偽伊豆廻峰修行の五人も掻き消えていた。

笈に縋《すが》っていた秀信は、再びの変化に呆然として言葉もない。

「瑛二郎、あれだけの雨風に打たれてずぶ濡れのはずのわしの体も衣服も濡れておらぬぞ。夢まぼろしか、瑛二郎、なにが起こった」

「大方、伊豆の山奥に棲む狐狸《こり》妖怪が悪さしたさに出てきたのでございましょうな」

というと、

「父上、怪我などございませんか」

と手を差し伸べて立ち上がらせた。

「なんと、わしが監督致す街道には千代田の城では理解もつかぬ連中が棲みおるぞ」

「父上、城中におられる政事《まつりごと》狂いの妖怪珍獣方よりなんぼかこちらのほうが可愛げがございますぞ」

「なにっ、そなたには城中の妖怪どのよりまだこちらが可愛いか」

秀信は妖怪奉行こと鳥居甲斐守《かいのかみ》忠耀のことでも思い出したか面白そうに高笑いした。

秀信から脱がした南蛮外衣を笈の上に載せて再び背負った。

「参りますぞ」

再びあかを先頭に宇佐美の浜へと山道を下り始めた。

影二郎は偽修験者の監視の目は消えたが、付かず離れずどこぞから見張られる別の目を意識していた。だが、あかは気付かないか平静を保っていた。

最後の九十九折《つづら》りの坂を下ると一行の眼前に穏やかな海が間近に眺められた。潮の香りが漂い、里の女らが浜辺で海草を採っていた。

「父上、本日は徒歩行の初日にございますれば、伊東に早泊まり致しませぬか。明日は冷《ひえ》川《かわ》峠を越えて山行が控えております。本日無理することもございますまい」

「修禅寺にはいつ着くな」

「明日には辿り着きます」

秀信はしばし思案していたが、

「よかろう。山中で野宿するのもかなわぬでな」

と影二郎の提案を飲んだ。

宇佐美、伊東の間の東浦道は海際をなだらかに進み、距離も一里ほどしかない。

市兵衛長屋でぐったりとしていたあかは旅に出て、すっかり元気を取り戻したようだ。足の運びもしっかりとしていた。

一方、里に出て安心したか、秀信は片方の足を引きずるような足取りと変わっていた。

「父上、肉刺《まめ》を作られましたか」

「最前から肉刺が潰れたか、痛むわ」

「宿に着いたら治療を致しますでな」

「明日には直ろうか」

「肉刺は何度もこしらえては潰し潰ししながら皮を硬くするしか手はございません。明日差し障りがあるようなれば馬を雇いましょう」

「瑛二郎、われらは伊豆遍路に参ったのだぞ。馬に乗って霊場参りが出来るものか」

「弘法大師様のお心は広大無辺で融通無碍、山駕籠《やまかご》で回ろうと馬で回ろうと空海師のお心に背きませぬぞ」

影二郎は秀信から聞いた言葉を返した。

「そうかのう」

と秀信は馬に期待する気持ちになったか、そう返答した。

影二郎は海に注ぐ大川河口から数丁奥に入った一軒の湯治宿を選び、

「父上、こちらでようございますか」

「瑛二郎、風体は遍路じゃが懐に持ち合わせがないこともない。どうだ、もそっとよき宿に泊まらぬか」

「父上、われらは遍路の父子にございますぞ、物見遊山ではございませぬ。遍路がよき宿に泊まり、山海の珍味を食せばおかしゅうございます。これは空海師のお心にも背きます」

「言われればそのとおりじゃが」

「父上は重き病にかかられて伊豆遍路を思い立たれたのでございます。それに倅と愛犬が同道する死出の旅路にございますぞ」

「瑛二郎、秀信はどこも悪くはないがのう」

「遍路の老若男女はだれしもが悩みを抱えて弘法大師の胸に縋っておられるのです。父上とて理由がなければおかしゅうございます」

「宿痾《しゅくあ》に取り付かれたか」

「余命いくばくもないお体です、それをお忘れにならないように」

「相分かった」

と秀信を納得させた影二郎は湯治宿の戸口で合掌した。すると秀信も真似た。

「お遍路様かね」

犬を連れた二人の遍路を奥から眺めていた様子の爺様が姿を見せた。

「われら、江戸より参った伊豆霊場参りの親子にござる。一夜の宿を願いたい」

「お侍のようだが銭はお持ちか」

「宿代なれば心配めさるな」

影二郎の言葉に爺様がほっとした表情で、

「親子で遍路とは奇特じゃな、なんぞ悩み事がお有りか」

「父が業病にとり付かれ、余命わずかと医師に宣告されましてな。父はこの世の名残りに四国遍路を願うたが四国はいかにも遠い。伊豆の通し遍路を始めたのでござる」

爺様が秀信の顔から足までじろじろと見て、

「確かに顔も体もむくんでおるぞ。うちの湯に一月も浸《つ》かれば治りそうなものじゃがな」

と気の毒そうな顔をした。

「爺様、われら、犬を連れておる。土間の隅に塒《ねぐら》を貸してくれぬか」

「侍親子が犬を連れての遍路とは変わっておるわ」

と言いながらも土間の片隅に筵《むしろ》を敷いてあかの寝床が出来た。

まだ早い刻限で囲炉裏端《いろりばた》には客の姿はない。

「どうだ、おまえさん方、その足で湯に入らぬか」

爺様の勧めで秀信と影二郎は笈を背負い、金剛杖を手にしたまま旅籠《はたご》の裏手に出ると河原に板葺《ぶ》き屋根の温泉があった。

「おおっ、これはよい」

大川の下流から潮騒の音が伝わってくるのに耳を傾けた秀信が喜色を現した。

「親父様、湯に病を忘れたようじゃな」

と案内してくれた爺様が影二郎に囁《ささや》くとその場から姿を消した。

「あの爺め、顔も体もむくんでおるなどと抜かしおったぞ。かような遍路旅でなければ怒鳴りつけたものを」

と悔しそうに言いながらも秀信はさっさと白衣を脱ぎ、湯船に浸かった。

影二郎はまず金剛杖の石突の泥を河原の流れで綺麗に洗った。

「瑛二郎、道具の手入れは大事じゃが明日も使う。そう気にかけることもあるまい」

「父上、金剛杖は弘法大師の身代わりと考えられておるのです。ゆえに宿の部屋まで持ち込むことが許されております」

「それで石突を洗ったか。よし、ならば明日からは父も自らの金剛杖は洗うことに致すぞ」

と素直に影二郎の言葉を聞いた秀信が、

「湯が滑らかでなんとも気持ちがよいぞ、入れ入れ」

と誘った。

父と子、河原に造られた露天の湯から行雲流水を眺めてしばし無言の時を過ごした。

「瑛二郎、みつが生きておればこのような機会がもっと早くに巡ってきたやも知れぬな」

秀信はふいに影二郎の母親のことに触れた。

「母上は今頃雲の上からわれらの姿を見ておられるやもしれませぬな」

秀信が空を見上げた。

白い雲が一片浮かんでいた。

「そうであればよいが」

もはや秀信と影二郎の間に言葉は要らなかった。ともに旅をする喜びを静かに噛み締めていつまでも湯に浸かっていた。

第二話　冷川峠《ひえかわとうげ》の山猿

一

　影二郎は秀信の肉刺を潰し、湯治宿から貰った薬草を練り込んで患部を白布で巻いた。

そのせいで翌朝、大川沿いの湯治宿を七つに発ち、影二郎の下げる小田原提灯《ぢようちん》とあかに先導されて秀信は足の運びも軽かった。

「瑛二郎、わしは天性の遍路者かもしれぬ。外に出て英気が蘇《よみがえ》ったようだぞ」

「それはようございました。ですが、本日は最初の難所、冷川峠越えにございますれば、ゆるゆると参りましょうか」

「時間も惜しい、もそっと早くてもかまわぬ」

　秀信の声が影二郎の背を後押しするようだ。だが、影二郎は大川沿いにだらだらと続く上り道に足の運びを早めることはなかった。

昨日、湯治宿では夕餉を逗留客《とうりゅう》が一堂に会して囲炉裏端で食した。貧乏旗本の次男坊時代の秀信は旅など出たこともなかった。むろん漁師や遍路や物売りが泊まる湯治宿など泊まったことはない。

旗本の次三男が御用旅以外で旅することは滅多になく、その御用旅とて無役の旗本に命じられるわけもない。

常磐家に婿入りして大身旗本の主になったが、常磐家も寄合席であった。禄高三千二百石ながら無役、これでは御用旅の機会もない。だが、婿入りした秀信に好機が巡ってきた。

柳営の確執の中で無能と見られた秀信に勘定奉行の大役が下りた。さらに周りの予測を裏切って大目付、道中奉行兼帯の筆頭大目付にと出世したが、こちらも城中の御用部屋や評定所での執務が主であり、相宿の者と膳を並べる経験など初めての秀信であった。

屋敷では頭は上がらないながらも城中では、

「常磐豊後守《ぶんごのかみ》様は近年稀《まれ》に見る逸材」

という評判すら立っているとか。

「瑛二郎、なんともぴちぴちとした鯵《あじ》の塩焼きではないか」

膳に供された鯵のぴーんと張った尻尾を見た秀信がいう。

「目の前の相模の海で獲《と》れた魚、これ以上新鮮な魚はございませんぞ」

「いかにもさようかな」

と箸をいきなり付けそうな秀信を制するように、

「父上、少し酒を貰いましょうか」

と聞いた。

「酒《ささ》があるか」

「濁り酒やも知れませぬが湯治宿です、ございましょう」

「濁り酒か。口にしたことはない」

影二郎が宿の爺様に頼むと、

「死にかけた親父どのに酒が欲しいとな、やっぱりうちの湯の効能じゃな。酒はある、あるぞ。おまえ様方は伊東を馬鹿にしておるようだが、網代にはいくらも上方からの廻船が立ち寄り、伏見、灘の下り酒が手に入るぞ」

と威張った。

「それを少し貰おう」

「ああ、たんとはいけねえよ。なにしろ弘法大師様に縋ろうという病人が大酒飲んでは明日からの遍路に差支えが出るでな」

と言いつつも二合徳利を運んできた。

影二郎と秀信は膳に向かい、合掌して感謝した。

「父上、まずは一献《いっこん》」

「うーむ」

鷹揚に差し出す秀信を隣の膳のお婆が覗き見て、

「倅どの、おめえ様のお父っつぁんは死にかけてござるか。見るところ元気そうじゃがな」

と首を捻《ひね》った。

「お婆、父上の病は体の深くに潜んでいるそうな、心《しん》の臓の病は外見では分からぬ」

「なにっ、心の臓の病か。それは周りが苦労しような」

「お医師は長くて一年、短ければ半年と託宣された」

「案ずるな、倅どの。医師の言葉なんぞ信じるでねえ。われも二人目の餓鬼を生んだ後、高熱が続き、痩せこけておっぱいどころじゃなかったことがある。そんとき、医者め、業病に取り付かれたでもう治る見込みはあるめいと抜かしおった。家族も覚悟をしてよ、弔いの仕度もしたそうな。そしたらよ、ある朝、目を覚ましたら水が飲みたい気分でよ、五合ばかり一気に飲んだだよ、そしたらよ、食い気は出てくるし、おっぱいはいくらも出始めてよ、元気になったら。お陰でよ、七十七の今も伊東の湯に浸かれるだよ」

「それは重畳、喜寿おめでとうござる」

「倅どの、だからよ、諦めるでねえ。弘法大師様にすべてを願って遍路を続けなされ。明日は二十七番札所の東林寺《とうりんじ》か」

伊東の札所が二十七番札所の東林寺だ。

「それがお婆、父上の願いで結願の修禅寺から逆打ち遍路でな」

「なにっ、親父様は逆打ちが望みか。そりゃ、焦《あせ》っておいでじゃな。こりゃ、だいぶ病が重いかもしれんぞ。よう見れば顔もむくんでおる」

とお婆が言い放ったが秀信は、

「なにっ、お婆、わしの顔はそんなにむくんでおるか」

と応じながらもにこにこと上機嫌だ。さらには盃に注がれた酒を鼻腔でくんくんと嗅《か》ぎ回し、口につけると一気に喉に流し込み、

「美味《うま》いな、旅に出て飲む酒は格別じゃぞ、瑛二郎」

と満足そうな笑みを浮かべたものだ。

「倅どの」

とまた老婆が影二郎に呼びかけた。

「おまえ様方は江戸からか」

「いかにもさようだ」

「倅は旅なれているようだが、親父どのは慣れておらぬな」

「貧乏旗本では湯治旅など無理じゃからな」

「おまえ様方は貧乏侍か」

「大名旗本と威張っていてもどこもが札差商人に何年も先の禄米を押さえられて首っ玉を地面に押さえつけられておる。はらわたなしの見掛け倒しがただ今の武家じゃぞ、お婆」

「金はなくとも海の幸山の幸に恵まれたわしらの方がなんぼかよいかのう」

「それはなんぼか気楽でよいぞ、お婆」

と秀信が口を挟み、

「おめえ様、酒を飲んだら急に元気になったたな」

と老婆が目を丸くして秀信に合掌した。

「瑛二郎、あのような宿も楽しいものじゃな」

と冷川峠への本格的な坂道を前に足を休めた影二郎に秀信が言い、ほっとした様子で路傍の石に腰を下ろした。

峠道は雑木紅葉に染まり、秀信の顔の横には真っ赤な烏瓜《からすうり》がぶら下がっていた。

「瑛二郎、そなたが旅に出かける気持ちが分からぬではない」

「父上、それがしが旅に出る切っ掛けは父上の勘定奉行就任にございましたな」

「おおっ、何年前になるか。そなたは伝馬町の牢屋敷で流人船を待つ身であったな」

と過ぎ去った記憶を蘇らせた。

鏡新明智流桃井道場の後継が道場主の二代目春蔵直一と秀信の間で話し合われ、三代目の春蔵直雄の妹と所帯を持たされそうになった瑛二郎は、道場を飛び出し、浅草西仲町の嵐山《らんざん》の祖父母添太郎といくの下へ戻ると無頼の徒に落ちた。

その当時、瑛二郎には吉原の局見世女郎の萌がいて、二世を誓っていたからだ。

だが、運命は変転した。

萌の美貌に目を付けた十手《じって》持ちとやくざの二足の草鞋《わらじ》を履く聖天《しょうでん》の仏七《ぶつしち》が見世と萌を騙して身請けし、吉原の外に連れ出した。そこで真相を知らされた萌は、瑛二郎に操を立てて簪《かんざし》で喉を突いて自害して果てた。

影二郎は賭場帰りの聖天の仏七を襲い、どてっぱらに匕首《あいくち》を突っ込んで抉《えぐ》り殺して伝馬町に繋がれる身に落ちた。

遠島の沙汰を受けて島流しの船を待つ身の影二郎の下に秀信と萌の妹の若菜が訪ねてき

たのは、そんなときだ。若菜は萌の遺骨を取りにきて事情を知り、影二郎の実家を訪ねて影二郎の実父が大身旗本常磐秀信と知ったのだった。

勘定奉行就任を命ぜられたばかりの秀信は無頼の徒に落ちた倅瑛二郎の腕っ節を買って密かに牢屋敷から出した。

影二郎は以後、関八州《かんはっしゅう》の博徒らを取り締まるべく設けられた関東取締出役《とりしまりしゅつやく》、俗にいう八州廻りの腐敗に困っていた幕府の意を汲《く》んでその取締りの長に就任した秀信が放った「八州狩り」

の役目に就いたのだ。いわば毒を以《も》って毒を制する秀信の策だった。

影二郎は秀信の期待に見事応えて峰岸平九郎ら六人の八州廻りを鮮やかに始末してのけたのだった。

あれが影二郎の無頼の始末旅の始まりといえた。

「天保七年の夏のことにございましたな」

「六年を過ぎたか」

「父上はこの短き間に筆頭大目付にご出世とは異例のことにございますぞ」

「勘定奉行、大目付と職掌を全うできたのもそなたの影始末のお陰よ」

「それればかりではございますまい。父上にその才があったがゆえにございます」

「聞いておこうか」

影二郎は草鞋の紐を結び直した。そのとき、ちらりと秀信の肉刺を見た。血が滲んでいる。そのうち痛みが出てこよう。

あかも立ち上がった。

だが、秀信は未だ岩に腰を下ろしたままだ。

常磐秀信が幕閣の一角に生き残れたのは偏《ひとえ》に日本を取り巻く内外の激動の世相だ。清国は阿片戦争に敗れ、国土の一部を英吉利《イギリス》軍に占拠されていた。いつ列強の海軍が海を渡って日本に押し寄せ、二百余年の太平を貪《むさぼ》っていた徳川幕府を転覆の憂き目に遭わせるか知れなかった。

そんな世相を反映して幕閣内にも外国列強に太刀打ちできる国防策を、そのためには進んだ列強の科学軍事技術を学ぶべきだという開国派と、異国のすべてを毛嫌いして今まで以上の鎖国策の中に閉じこもろうとする派の二つの勢力が激しく対決していた。

蘭学嫌いの旗頭が南町奉行鳥居忠耀だ。

そんな二大勢力の間で秀信はどちらかというと高島秋帆、江川太郎左衛門ら開国派に近い人士と親しい交わりをしてきた。

「父上、参りましょうか」

「そうゆっくりもしておられぬな」

秀信が立ち上がり、立てた金剛杖の先が烏瓜にあたって揺れた。

きいっ
と山猿が鳴いた。

すでに小田原提灯は吹き消し、笈の上に括りつけていた。

影二郎は笈の左横に括った法城寺佐常の柄《つか》と鞘《さや》の間の布を別々に巻いて、なんぞあれば直ぐに抜き打てるように昨夜の内に工夫していた。

「父上、険しい山道に入りますでな、金剛杖を突いてしっかりと支えにして下され」

冷川峠への山道はようやく人ひとりが進めるほどの幅で地面も整備されてなかった。

うーむ
という秀信の返事を聞いてあかが先導し、影二郎、秀信と続いた。

頭陀袋につけた鈴が規則正しく鳴り響いて秀信の足の運びを教えてくれた。影二郎の金剛杖にはもはや鈴はない。二つの鈴の音が混じると秀信の鈴の音が聞こえ難く、また外敵の気配も希薄になると考えて鈴を外したのだ。

四半刻、鈴の音が乱れた。

「休みますか」

「た、頼む」

一行は冷川峠下、馬場平に差し掛かっていた。

影二郎は笈にぶら下げてきた竹筒の栓を抜くと秀信に差し出した。荒い息で竹筒を受け取った秀信がごくりごくりと喉を鳴らして飲んだ。顔じゅうに汗が噴出してそれが流れ出していた。

「肉刺はどうでございますな」

「最前から痛んでな、どうにも足の運びが悪いわ」

「お待ち下さい、治療を致しますでな」

影二郎は秀信が飲んだ竹筒から掌に水を受けてあかに飲ませた。こちらもぺちゃぺちゃと音を立てて掌の水を飲み干した。

最後に影二郎が口に含み、栓を開いたまま竹筒を地面に立てた。

「どうれ、草鞋のままで結構でございます、それがしの膝に足を乗せて下され」

「こうか」

と秀信が鷹揚にも草鞋の足を影二郎の膝の上に乗せた。草鞋の紐を解き、足袋を脱がせた。今朝出掛けに湯治宿で治療してきた肉刺から血が滲んでいた。

「これでは歩けますまい」

血の滲んだ布を剝《は》がし、皮が剝がれた肉刺の傷口を竹筒の水で洗った。その上で宿の爺様に分けて貰った薬草を新しく塗り込んだ。薬草は蛤《はまぐり》の殻に詰めて持参していたのだ。

「ひんやりして気持ちがいいな」

「冷川峠にはあと四半刻でございましょう。伊豆の分水嶺でございますればあとは下り道、修善寺には今宵夕刻前に到着致しますぞ」

「なんとしても歩いて到着致したいものじゃな」

影二郎は肉刺の治療を終えると足袋と草鞋を履かせた。

「どうです、歩けそうですか」

「大丈夫と思う」

秀信の答えはいささか頼りなかった。

「ならば参りますか」

一行は最後の急峻な上り坂に取り付いた。

秀信の頭陀袋の鈴が軽快な響きを立てていたのはほんのわずかな刻限だ。

きいいっ

と脅迫するような野猿の声がしたのを合図に、

「瑛二郎、峠はまだか」

と秀信が聞いて歩みを止めた。

「肉刺が痛みますか」

「いや、肉刺より足が動かぬわ」

「冷川峠は海からの高さわずか千百尺余の峠にございます。伊豆の峠では低い部類でございましてな、通し遍路はこれに倍する峠を毎日いくつも越えねば結願の修禅寺には辿り着きませぬ」

と影二郎は昨夜の湯治宿の爺様から仕入れた知識を披露した。秀信が話に紛れて足の痛みを忘れるかと考えたからだ。

「なにっ、冷川峠は低き峠か」

「北隣の亀石峠も南隣の鹿路庭峠も冷川に増して急峻な峠にございますぞ」

「なんとのう」

冷川峠が伊豆では容易《たやす》き峠と聞かされた秀信が、

「よし、わしがそなたの前に参るぞ」

と自ら先に進む決意を示して、歩き出した。

野猿の群れは影二郎らの動きを監視するように木の枝の上を移動していくのが見えた。

影二郎らが食べ物でも持参していると思ったからか。

「父上、冷川峠には天狗伝説がございますそうな」

これもまた湯治宿の爺様に聞いた話だ。

「天狗伝説とな」

秀信は足の痛みを忘れようと影二郎の話に乗った。

「万治《まんじ》年間（一六五八〜六一）と申しますから百八十何年も前のことにございましょう。冷川峠に棲む天狗が旅人やら里人に悪さを仕掛けていたそうな。それで土地の人々が知恵を凝らして一つの策を考えました」

「天狗退治の秘策とはなにか」

「伊東にある妙照寺の日安和尚に頼んで加持祈禱《かじきとう》をしてもらおうという知恵にございます」

「効果があったか」

話の合間にも秀信は必死で足を動かしていた。

もう峠はそこだと見た影二郎は、

「父上、ごめん」

と片手を秀信の腰に当てて押し上げ始めた。

「これは楽じゃぞ、瑛二郎」

「日安和尚は峠に籠り、七日七晩、護摩《ごま》を焚《た》き、読経三昧を続けました後、峠に立ってい
た松の老木を伐《き》らせたそうな」

「ほう、奇妙なことをなしたものよ」

「すると老松の根元から奇妙な文字が書かれたものが出てきたそうで、日安が読み解くと
ころ、天狗からの詫び状であったそうです」

「なにっ、天狗が詫び状を書いたか」

「いかにもさようです。そして、それ以後、冷川峠には天狗が姿を見せることはなかった
そうです」

「めでたしめでたしじゃな」

あかが吼《ほ》えた。

前方に切通しが見えた。

「冷川峠じゃな」

「冷川峠に着きましたぞ、父上」

切通しの向こうから白い霧と一緒に冷気が吹き上げてきた。

霧と冷気に包まれた峠が、うごめく生き物の群れに囲まれていることに影二郎は気付か
された。

二

あかが歯を剝き出して吼え立てた。

「瑛二郎、なにごとか」

「さあてなんでございましょうな、鬼が出るか蛇が出るかいずれにしても下手な手妻《てづま》と見ましたが」

うごめく生き物の群れがざわざわと枝葉を鳴らして移動した。すると影二郎らが進む切通しの一角だけ気配が消えた。

前に進めと誘っていた。切通しの頂きに立てば影二郎が進んだ道は背後で閉じられ、完全に輪の中に囲まれる。それを承知で影二郎は秀信の背後から前に出ると、

「あか、油断致すな」

と飼い犬に言いつつ峠の、ぽっかりと開いた穴に入り、最後の行程を上りきった。すると予測したように影二郎一行は包囲網の中にいた。

ひゅっ
霧と冷気を裂いてなにかが飛んだ。

ばさり
影二郎の菅笠が切り裂かれ、灰色の影が右から左へ消えた。

「天狗ではあるまい」

秀信が聞いた。

「父上、今にあちらから正体を明かしましょうぞ」

風が吹き上げて冷川峠の切通しの霧と冷気を吹き散らした。すると切通しを見下ろす木々の上に野猿の群れがいて影二郎らを見下ろしていた。

「なんと」

秀信が思わず洩《も》らした。

その数、百頭は優に超えていた。

影二郎は笈を下ろした。すると一際《ひときわ》大きな木の枝がゆさゆさと揺れて老猿が姿を見せた。

どうやら頭分のようだ。

きええっ！

老猿が枝を揺すると威嚇の叫び声を上げた。

猿の群れが一斉に枝から枝へと飛び回り始めた。

「父上、笈の傍らにしゃがんで下され」

秀信ががくがくと頷くとへたり込むように切通しの真ん中にしゃがんだ。

あかは四方に睨みを利かせつつ野猿の攻撃に備えていた。

野猿の群れの動きが激しくも目まぐるしく変わった。牡猿を主力にした群れの一部が枝から枝へ右回りに飛び、また左回りに疾《はし》り飛ぶ別の群れ、さらには孤猿が木から木へ高く飛び上がって威嚇し、中には幹を伝って影二郎らがいる切通しへと駆け下ってくる若猿と複雑な動きを見せた。

ふわっ
と飛燕のように飛来した若猿が秀信を襲い、枝に戻った。

ひえっ
と思わず秀信が驚きの声を洩らした。秀信は文官として腕を振るってきたが武術には疎かった。

「父上、お怪我は」

影二郎は野猿の動きを凝視しつつ問うた。

秀信からしばし返答はなかった。

「どうなされましたな」

「かすり傷じゃが額が切れて血が滲んでおる」

「戦いはこれからにございます」

百数十頭が一斉に動いたり、その動きの中で俊敏な若猿が奇襲攻撃をかけたりと影二郎らの神経を逆撫でしようとしていた。

なかなか巧妙な策だった。

影二郎は手にしていた金剛杖を笈に立てかけると南蛮外衣を摑んだ。

「そなたら、古《いにしえ》の天狗に見習うて悪さを止《や》めぬか」

と呼びかけつつ影二郎は南蛮外衣の襟と裾の片方を摑んだ。

裾の両端には二十匁の銀玉が縫い込んであり、その一つが影二郎の掌に触った。

再び切通しは霧と冷気に包まれた。だが、閉ざされた視界の向こうの野猿らの動きはさらに激しさを増したようであった。

「参れ」

影二郎が反対に誘いかけた。

ぴゅっ
と霧と冷気が切り裂かれ、影二郎の背後から一匹の若猿が飛来し、笈に飛び乗り、影二郎に鋭い爪を立てようとしてあかに吠え掛けられ、再び木の上に飛び戻った。

なんとも素早い動きだった。

今度は三方から霧を突いて影が飛んだ。

影二郎は南蛮外衣を手にしたまま動かない。

あかが虚空に飛んで影の一つと交錯し、互いが剝き出した牙を武器に相手の体を掠《かす》め噛んだ。

ぱあっ
と猿とあかの体から血飛沫《ちしぶき》が吹き飛んだ。

三匹の猿が樹上に戻り、前哨戦が終わった。

「父上、鈴《りん》をな、定まった間隔で鳴らして下され」

影二郎の言葉に秀信が頭陀袋の鈴を手にすると、
りんりりん
と鳴らした。

「ちと早うございますな。父上の平静の鼓動の音のごとくゆったりでようございます」

「こうか」

りーんりんりーんりりん
「それそれ」

野猿の群れが最後の攻撃態勢を整え終え、一旦動きを止めた。

霧と冷気に閉ざされた冷川峠の切通しの物音は秀信が規則正しく鳴らす鈴の音だけになった。

峠を締め付けられるような殺気が走った。

切通しの二方向から風が吹き上げてきた。

それが峠の頂でぶつかり、渦を巻いた。

その瞬間、百数十頭の猿軍団が輪を縮めて一斉に影二郎らに襲いかかってきた。

影二郎の手の中の南蛮外衣が霧と冷気を吹き飛ばして広がった。

表地は黒羅紗、裏地は猩々緋の鮮やかな花が大輪に咲いた。二十匁の銀玉二つの重さで両裾が広がり、飛来した猿の先陣の数頭の体を打って転がした。

げげえっ！

冷川峠に絶叫が響き渡り、南蛮外衣に叩き落とされた猿が必死の思いで樹上に逃げ戻った。だが、本格的な攻撃はこれからだった。

牙を剝き出しにして手足の鋭い爪を振り立てた猿の群れが影二郎目掛けて襲いかかった。

飛燕が水上を飛ぶように鮮やかな弧を描きつつ、飛来する。

影二郎は南蛮外衣の襟から片方の裾に持ち替えた。これで南蛮外衣が飛翔する防御線は広がった。

虚空を飛び交う若猿の群れが影二郎目掛けて波状攻撃を企てた。

影二郎の南蛮外衣が再び力を得た。

今度は大きな円を描きつつ、うねる銀玉が時間差で襲来する猿の体を次々に打って転がした。それでも南蛮外衣の描く円の防御線を掻い潜り、秀信に襲いかかろうとした。

鈴の音が止まった。

秀信の前に猿が飛来したのだ。

あかが飛び込んできた猿の喉笛に飛び掛かり、喰らい付き、その場にねじ伏せるように倒すと口を大きく振って投げ飛ばした。

血を振りまいた猿が悶絶して峠の坂下へと転がった。

だが、野猿の攻撃は一向に収まる気配はない。それどころか必殺の攻撃陣を組み直したように二重三重の包囲の輪を作り、縮めてきた。

その中の一頭が片手で枝にぶら下がり、威嚇の動きを見せた。体が並外れて大きく、顔も真っ赤で動きが俊敏だった。

枝を両手に持ち替えると枝を支えに、
くるくる
と体を大きく回転させて見せた。

その動きは陽動、と影二郎は見抜いていた。

影二郎の前後左右から数頭の若猿が虚空を飛んで飛来した。

南蛮外衣が今度は頭上に飛ばされた。すると裏地の猩々緋が炎のように燃え上がり、広がった。

一瞬攻撃の猿たちの動きが停止した。

すると影二郎の手首が捻られた。虚空に投げ上げられた南蛮外衣の炎が、

ぱあっ

と燃え上がって靡《なび》き、再び攻撃に転じようとした猿の体を打ち据えて地面に落下させた。

だが、猿の攻撃は二の手三の手と緩められることはなかった。

「父上、鈴を」

鈴を振る動作を忘れていた秀信に影二郎が命じると、再び冷川峠の切通しに鈴の音が涼やかに、

りーんりん

と時を刻むように鳴り響いた。

猿の軍団がさらに包囲の輪を縮めた。もはや猿の口から剝き出した牙も爪も眼前を飛び交い、影二郎らの体を搔き切っていった。

あかは縦横無尽に走り回り、飛来する猿の攻撃に反撃を加えていたが、なにしろ多勢《たぜい》に無勢《ぶぜい》だ。

旋風が吹き付けるように一行を襲い続けた。

影二郎の南蛮外衣も今や動きを止めることはなかった。

舞い上がり、輪を描き、捻りを与えられつつ猿の飛来を一頭一頭叩き落とし、南蛮外衣の防御線を潜った猿にはあかが肉弾戦を挑んでいた。

影二郎も経験したことのない執拗な攻撃だった。

あかも荒い息を吐いていた。

影二郎は南蛮外衣に絶えず動きを与えつつも野猿の攻撃の輪が薄く弱くなったことを見ていた。

きえええっ！

という一際甲高《かんだか》い鳴き声が峠に響き渡り、猿の輪が遠のいた。

木の枝が再びざわついた。

（決死の攻撃を仕掛けるつもりか）

秀信の鈴の音だけが続いていた。

ふいに冷川峠の霧と冷気が薄れていき、野猿の軍団の気配も消えた。

りーんりんりーんりりん

「父上、もうようございます」

秀信が鈴を振ることを止めて立ち上がった。

「退却しおったか」

「はい」

「わしが差配いたす諸街道にはいろいろな輩《やから》が生息しおるな」

「いかにも」

と答えた影二郎は南蛮外衣を笈の上に結び付けた。

「父上は道中奉行としてこの連中をも監督差配致すことにおなりになるのです」

「まさか猿めらを監督するとはのう」

苦笑いした秀信の目があかにいった。

「あか、よう戦ったな」

としみじみとした感謝の言葉を告げると、あかが舌を出した顔で秀信を見返した。

「なかなかふてぶてしい面魂《つらだましい》ぞ、あか」

うおーん

と勝利の勝どきがあかの口から洩れて、影二郎は秀信と、あかの傷を確かめたが何《いず》れもかすり傷だった。

「峠で時を過ごしました。参りましょうか」

影二郎は笈を背に戻した。

道はだらだらとした下りに変わった。峠の頂からわずかに下ったところに岩清水《いわしみず》が湧き出していた。

「父上、喉を潤して参りましょうぞ」

「最前の猿めらの悪さにからからじゃぞ」

と秀信が両手に岩清水を受けて喉に流し込み、

「これは甘露《かんろ》」

と満足げだ。

あかも零《こぼ》れ溜まった岩清水に口を付け、ぺちゃぺちゃと舌を鳴らしてたっぷりと飲んだ。

最後に影二郎が水を含み、竹筒にも新鮮な水を補給した。

元気を取り戻した一行は金剛杖を頼りに坂道を冷川村へと下った。峠の水場から四半刻、

谷沿いに点々と家が見えてきた。

秀信の頭陀袋の鈴の音が急に元気を取り戻した。

野地蔵が立つ里の辻に出た。

秀信がつかつかと野地蔵の前に歩み寄ると、金剛杖を路の傍らにおいて自然の動作で合掌した。

影二郎も真似た。

二人が合掌を解くと近くの山家《やまが》から老婆と孫娘か、二人が皿に牡丹餅《ぼたもち》を載せて出てくると差し出した。

「われらにご接待か」

老婆が頷き、秀信が合掌して感謝した。

「お婆どの、馳走になります」

影二郎も合掌すると牡丹餅を摘んだ。そして、口に入れ思わず、

「甘いなあ」

と感嘆の声を上げた。

「それほど甘いか、瑛二郎」

「父上、甘うございますぞ、馳走になってみなされ」

秀信が牡丹餅を口に頬張り、にっこりと笑った。

「峠で猿めらに働かされたゆえ一入《ひとしお》美味しゅうございますな」

「あんれ、おまえ様方、峠で山猿に襲われなすったか」

老婆が聞いた。

「お婆、群れに襲われてな、なんとか撃退した」

「あちらこちら顔に傷があるのはそのせいか」

「いかにもさようにござる」

影二郎の答えに、

「おまえ様方、家に寄っていきなされ。傷の手当をしておこうぞ、冷川峠の山猿は爪先に悪い毒を持っておるでな、傷は浅うてもあとで膿《う》んだりする」

「お言葉に甘えてよいか」

老婆と孫娘に案内されて山家に立ち寄った。すると縁側では嫁と思える女が干し柿作りに追われていたが、秀信と影二郎の遍路姿を見て合掌し、二人も返礼の合掌をなした。

老婆が嫁に命じ、すぐに持ち出された常備の薬草が秀信、影二郎、あかの傷口に塗り込まれた。

「これでひと安心ですよ」

と嫁がいい、

「助かった」

と影二郎が礼を述べた。

「おまえ様方、今日はどこまで行かれるな」

「修善寺に行こうと思うておる」

秀信が答え、

「修善寺なればもはや道も平ら、夕暮れ前には着きましょう。うちの手打ちの蕎麦なと食べて行かれませぬか」

と老婆が武家言葉で父子を誘った。

「お婆、そのような接待を受けてよいものであろうか」

「お遍路様にはできることをなすのが務めです。男衆は山に入っておりますが、どうか婆様の自慢の蕎麦を食べていって下さい」

と嫁も願った。

「瑛二郎、どう致すな」

「馳走に預かりましょう」

伊豆山中のこと、飯屋があるとも思えなかった。

「造作《ぞうさ》をかけるか」

秀信と影二郎は柿が吊るされた縁側に腰を下ろした。

お婆の打った蕎麦に擂《す》り下ろした自然薯《じねんじょ》をかけたとろろ蕎麦を二人は馳走になった。

「瑛二郎、城の中で知ったか振りをしてあれこれご政道に口出ししていた己が恥ずかしいわ。旅をしてみぬと見えるものも見えてこぬな」

「父上、それだけでお遍路に出た甲斐がございましたぞ」

「いかにも」

とろろ蕎麦の後、温かい茶まで馳走になった二人は再び縁側から立ち上がった。

影二郎は秀信が懐紙になにがしか昼餉代を包み、座布団の下に差し入れる姿を見て、

(なんにしろ旅に出てよかった)

と秀信の変化を喜んだ。

秀信は江戸に戻れば筆頭大目付の要職に就く。その折、必ずや伊豆の遍路旅の経験が生かされて政道に反映されようと思ってのことだ。

「お婆、嫁女、世話になった」

秀信が台所で昼餉をとる女衆に声をかけ、合掌してご接待に感謝した。

三

冷川峠から大見川《おおみがわ》渓谷ぞいに里に下り、夕暮れの刻限に狩野川《かのがわ》の合流部に出た。対岸が

修善寺の里であり、渡し船で狩野川を渡ることになった。船には遍路や野良帰りの百姓衆や馬方が乗り合っていた。

二人と一匹もなんとか渡しに乗れた。刻限からいって最後の渡し船のようで込み合っていた。

「父上、よう歩かれましたな」

「肉刺さえ治ればあの程度の峠越えはなんということもないわ」

今宵の宿泊地が見えたせいか秀信は余裕の顔で威張ってみせた。

「お侍」

と二人の言葉遣いで武家と察した旅商人が、

「お遍路にございますか、ご奇特なことです」

と二人に合掌し、秀信も両手を合わせて返礼した。

「思うことがあって伊豆霊場巡りに出て参ったが、修禅寺が最初のわれらの札所である。明日からが真の遍路旅になる」

「おや、八十八番札所からの逆打ちのお遍路様ですかえ」

「そなたは商人か」

「へえっ、煙草売りにございましてな。刻み煙草も商えば、流行《はやり》の煙管《きせる》も売ります」

と中年の商人が背に負った荷に目をやった。薬売りより小ぶりの箱の横には煙草の葉が描き込んであった。

「そなた、江戸者か」

「へえ、江戸には煙草屋もあれば担ぎ荷の煙草売りもございますがな、在所はそうもいきませぬ。そこでわっしのように田舎廻りの煙草屋の出番なんでございますよ」

と答えた煙草売りが秀信の煙草入れに目をつけ、

「お遍路様はなかなかのご身分のようですね」

と呟くように問うたものだ。

「父上が隠居をなさる機会に伊豆の霊場巡りを思いついたまで、遍路に身分もなにもあろうか」

影二郎があっさりと躱《かわ》し、

「そなたも修善寺泊まりか」

と聞いた。

「へえ、馴染みの宿が待っておりますよ」

渡し船は流れの真ん中に差し掛かり、修善寺の里に立ち昇る湯煙が濁った夕焼け空に映えていた。狩野川には修善寺を流れる桂川が合流し、流れの真ん中で渦を巻いていた。その流れに岸辺に生えた紅葉が差しかけて、濁った残照に染まっていた。そして、向こう岸の河原には篝火《かがりび》が焚かれて水面に映っていた。

「旅はよいものだな、気分が爽快になる」

秀信は傍らに蹲《うずくま》るあかの頭を撫でた。

「遍路旅は雨風夜露が友、父上が申されたように明日からがほんとうの試練の巡礼行にございますぞ」

遍路ということを忘れそうな秀信に影二郎がそれとなく注意した。

「瑛二郎、野宿もあるか」

「旅に出ればなにがおこるか知れませぬ。その覚悟をなされませ」

「そうか、野宿もあるか」

秀信の不安そうな答えに煙草売りが笑った。

「お武家様、倅様が申されたように雨風夜露を楽しめるようになってお遍路様は一人前、わっしども旅商人も一緒でさあ」

渡し船の舳先が修善寺の河原の船着場に、
とーん
とあたって流れを渡りきった。

あかがその気配に立ち上がった。

「煙草売り、よいことを聞かせてくれたな。その礼と申してはなんじゃが、少し刻みを分けてくれぬか」

「お武家様、なんぞ馴染みの煙草がございますかえ」

「薩摩《さつま》を持っておるか」

「国分《こくぶ》にございますな、なかなかの煙草通にございますな。旅の煙草売りは上等な薩摩なんぞ持ってませんがねえ、この杢助《もくすけ》、少しばかり持参しておりますよ。下田のお大尽《だいじん》にと思うて用意してきたものです」

と請合った。

乗合客が下り、影二郎らも河原に降り立った。対岸を振り向くと霞がかかり、夕闇と一緒になってかすんで見えた。さらに影二郎が下ってきた山道から炊煙が立ち昇っていた。

煙草屋が秀信の頼みに錠のかかった引き出しから薩摩国国分で採れる葉から作られた上等の刻みを一袋差出し、秀信が頭陀袋から財布を取り出すと一分金を渡し、

「造作をかけた、釣りはよい」

と鷹揚にもお代を払ったものだ。

「おや、此度の商いは、はなっから運がいいや。お武家さま、どこぞで会うことがござい

ましたら、煙管の羅宇《ラウ》掃除をさせて下さいな」

と一分金を腹掛けに入れ、荷を肩に担ごうとした。

もはや河原の船着場から乗合客の姿は消えて、馬方と船頭がのんびりと話し合っていた。

そこへ、

どどっ

と船着場に走り込んできた渡世人の一団がいた。

「船頭、船を頼むぜ」

船頭がゆっくりと客を見て、

「暮れ六つも過ぎた。客人、渡しは仕舞いだよ」

「船頭、こちとら、急ぎ旅だ」

「明日の一番渡しをお待ちなせえよ」

と船頭がいうところに剣客用心棒二人を従えた親分らしき男が羽織の腰に派手な拵《こしら》えの長脇差《ながどす》を差し落とし、のっしのっしと貫禄を見せて姿を見せた。

「富造、船の用意は出来たか」

「親分、船頭め、暮れ六つ過ぎには渡しは出せねえなんて、ごちゃごちゃ抜かしやがるんで」

ふーん

と鼻先で返答をした様子の親分が顎《あご》を子分に振った。すると心得顔に子分の一人が船着場を照らす篝火から一本の松明《たいまつ》を摑むと船の中にいきなり投げ込んだ。

「なにをしやがる、大事な商売道具を！」

と叫んで松明を拾い上げようと船に飛び込もうとした船頭の前に、富造と呼ばれた男が腰の長脇差を抜いて行く手を阻んで突き付けた。

「渡しは命の次に大事なものだ、止めてくれ！」

船頭の声が悲鳴に変わった。

そのとき、つかつかと秀信が出ていくと、

「天下の街道でなんたる無法か。この常磐秀信の目に留まったからには許さぬ」

と叫んだ。

「なんだ、爺遍路。怪我をするぜ、止《や》めておきな」

富造がせせら笑った。

影二郎があかの背を叩いた。

心得たあかが羽織の親分に向かって突進した。

「な、なんだ、この野犬が」

親分は犬が嫌いか、逃げ腰で慌てふためくと用心棒の一人が大人げもなく剣を抜いて振り回し、あかを追い払おうとした。

あかは夕暮れの河原を機敏に飛び回り、用心棒侍をからかった。

河原の注意があかに向けられている隙に影二郎は、渡し船に飛び込むと松明を摑んで流れに投げ込んだ。

「なにをしやがる！」

流れに投げられた松明はすでに消えようとしていた。

富造が影二郎に突進するといきなり手の長脇差を、

「死にやがれ！」

と叫びながら渡し船から河原に飛び降りた影二郎の菅笠に叩き付けてきた。

影二郎の手の金剛杖が薄暮を切り裂いて突進してきた富造の鳩尾に突き出された。

鏡新明智流の桃井道場で、

「アサリ河岸の鬼」

と呼ばれ、無頼の徒に落ちた後、さらには影始末の御用を引き受けて、数多の修羅場を潜り抜けてきた影二郎が振るった一撃だ。見事に急所に決まって、
ぐえぇっ！

という奇声を発した富造の体が浮き上がって背中から河原に叩き付けられて悶絶した。

「やりやがったな」

と子分らが一斉に長脇差を抜き、影二郎を囲んだ。

「止めておけ」

影二郎の低い声が制した。

「先生方」

羽織の親分が用心棒剣客に言葉をかけた。

役目を果たしたあかは、秀信の傍らに控え、護衛する態勢だ。

「渡し船の船頭どのもああ言っておる。どこへの急ぎ旅か知らぬが明日出直せ。さすれば今宵の所業見逃してやろうか」

「くそったれ遍路めが」

親分が吐き捨てた。すでにあかの襲撃に剣を抜いて応じた剣客の一人が影二郎の前に立った。

「止めておけ」

「われらの仕事でな」

髭面の剣客が言い放つと正眼に剣を構えた。もう一人が後詰《ごづ》めに廻り、剣の柄に片手をかけて控えた。

「酒は好きか」

「浴びるほど飲む」

「当分飲めぬと覚悟せえ」

篝火が修善寺河原の対決を浮かび上がらせていた。

正眼の剣が右肩に引き付けられて立てられ、

「きええいっ」

と自ら気合を発すると金剛杖を片手に構えた影二郎に向かって飛び込んできた。

影二郎は相手の突進を存分に引き付けて、金剛杖を相手の喉元に、
ひょい
と突き出した。

狙い違《たが》わず喉を突いて金剛杖が八双からの必殺技で襲い掛かった剣客の体を後方へと吹き飛ばした。

次の瞬間、後詰めの剣客がするすると影二郎に迫り、柄にかけた手を翻すと剣を抜き打った。だが、影二郎は踏み込みつつ、相手の鬢《びん》をしたたかに叩いて横手に吹き飛ばしていた。

一瞬の早業だ。

河原は粛として声もない。

どさり
と二人目の剣客が河原に叩きつけられたとき、影二郎が、

「父上、参りましょうか」

と声をかけた。

わああっ！

羽織の親分が大声を上げて河原から逃げ出し、子分が続いた。

「おやおや、用心棒も子分もおいてきぼりかえ」

煙草売りの杢助が呆れたように言い、船頭が、

「旦那、助かりました」

とお遍路姿の影二郎に合掌した。

影二郎も金剛杖を小脇に挟むと合掌を返した。


伊豆八十八箇所霊場結願の札所修禅寺は桂川のほとりにあった。

草創は大同二年（八〇七）、伊豆を訪れた弘法大師が地を卜《ぼく》し、弟子の杲隣《こうりん》と一緒に建

立したのが始まりとされ、福地山修禅萬安禅寺と命名された。

弘法大師を開基として真言宗に属すること四七三年の歳月が続き、建治《けんじ》年間（一二七五～一二七八）に宋の禅僧にして鎌倉建長寺を開山した蘭渓道隆《らんけいどうりゅう》が来住した機会に臨済宗と変わってさらに二一四年が過ぎた。

康安《こうあん》元年（一三六二）に畠山道誓国清が修善寺城に立て籠もって関東管領足利基氏に叛《そむ》き、戦いが起こった折、寺は兵火を蒙《こうむ》り焼失した。さらに後年、応永《おうえい》九年（一四〇二）十二月には回禄《かいろく》の災いで再建された寺は再び全焼した。

名刹に再び光があたるのは北条早雲が伊豆を平定し、韮山城主になったことで、延徳《えんとく》元年（一四八九）に曹洞宗の寺として再建された。

住職は早雲の叔父隆渓繁紹《はんじょう》であった。

以来、常磐秀信と夏目影二郎の親子が本堂に訪れたときも曹洞宗の寺としてあった。

秀信自ら灯明を点《とも》し、線香を手向《たむ》け、般若心経《はんにゃしんぎょう》の一節《いっせつ》を唱えた。そして、最後に秀信の口から、

「米の数うつす四国の法《のり》の花
　願いを結ぶ桂谷の湯」

というご詠歌が洩れた。

影二郎はそんな父の様子を覗いながら合掌する己の気持ちに何者かが割り込んできたのを感じていた。

渡し船の河原で諍いを起こしたやくざ者が尾行してきたかと考えたが、静かに見詰める監視の目は別人であることを示していた。

「父上の遍路はここから始まりますな」

「いかにも」

と長い合掌を解いた親子は言い合った。

「さて日もとっぷりと暮れました。旅籠を探すか、寺房に一夜の宿を願いますか」

「瑛二郎、訪ねたいところがある」

「ほう、どちらへ参られますな」

「修禅寺には弘法大師縁《ゆかり》の奥ノ院があると聞く。お参りしたい」

奥ノ院となれば本堂裏の山奥であろう。伊東から冷川峠越えで旅してきた秀信がさらに奥ノ院への山道を登れるか、危惧したが理由があってのことと思い直した影二郎は、

「お待ち下さい。灯明の火を分けてもらいます」

と持参の小田原提灯を笈から出して明かりを移した。

「参りましょうか」

本堂の裏手に回ると鬱蒼とした山奥へ石段が続いていた。ひんやりと白衣の二人を冷気が包み込んだ。

ここでもあかが先頭に立った。

影二郎は提灯の明かりを秀信の足元を照らすように掲げ、自らはあかの道案内に従った。

石段の左右の森には魑魅魍魎《ちみもうりょう》の気配があった。

山裾を右に左に曲がりつつ石段は二百段ほど続き、奥ノ院に出た。

秀信は軽く合掌すると、

「瑛二郎、重い思いをさせたが笈の荷を出してくれぬか」

と命じた。

秀信は、五百両を下《くだ》るまいと思える金子をどうやらだれかに渡すために遍路旅を企てたか。

影二郎は笈を下ろし、竹で編まれた笈の底から布に包まれた金子を出して秀信に渡した。

秀信は布包みを受け取ると、

「瑛二郎、しばし待て」

と言い残すと奥ノ院裏手に姿を消した。

影二郎とあかは奥ノ院前に四半刻ほど待たされた。だが、秀信は姿を見せる様子はない。秀信が伊豆の霊場を回りたいと言い出したときからすでに修禅寺奥ノ院に待ち人があり、なにか話し合いが行われることは決められていたのだ。

影二郎は父と仲間たちがなにを企ててこのような行動を取るのか、推量も出来なかった。だが、影二郎は父を信じていた。信じているがゆえに父になにも問いただそうとはしなかった。

若菜が影二郎に願ったこと、秀信を無事江戸に連れ戻ること、それだけに専念しようと考えていた。

ふわり

という感じで手ぶらの秀信が戻ってきた。

「待たせたな」

「御用は済みましたか」

「本日の用は終わった。修善寺の桂川には独鈷《とっこ》の湯と申す湯が湧き出ているというではないか、参ろうか」

「湯に入り、肉刺の治療を致しませぬとな」

「旅籠も決まった」

「ほう」

「瑛二郎、明日からいよいよ遍路旅に出ようぞ」

「畏《かしこ》まりました」

と答えた影二郎は軽くなった笈を担ぎ上げた。


半刻後、秀信と影二郎は桂川に湧き出る独鈷の湯に身を浸していた。流れに色付いた紅葉が差しかけ、篝火に浮かんでいた。

「ふうっ、生き返ったぞ」

「よう頑張り通されました」

「瑛二郎、逆打ちなれば明日は八十七番札所戸田の大行寺じゃがな」

戸田湊は影二郎にとって懐かしい土地であった。

「われらは一番札所の嶺松院に向かう」

「ほう、結願の寺からいきなり一番札所にございますか」

影二郎は嶺松院がどこにあるのか知らなかった。

「弘法大師のお考えは広大無辺融通無碍となれば、どう回ろうと順はよかろう」

と答えた秀信の笑い声が桂川に響いた。

四

朝まだきの街道を二人の遍路と一匹の犬が狩野川に沿って歩いていた。むろん常磐秀信、夏目影二郎父子とあかだ。

七つ（午前四時）の刻限に狩野川河畔の遍路宿を出た一行は、八十八番札所の修禅寺に改めて戻り、手を合わせた。

その後、いったん桂川を下って狩野川との合流部に引き返し、下田へ向かう街道を本立《ほんだち》野《の》、佐野と進み、青羽根で土肥《とい》に向かう船原峠道と下田街道との二つに分岐するところに差し掛かった。

一行が選んだのは下田街道だ。

なだらかにも曲がりくねった上り坂が行く手に立ち塞がっていた。道の左右は稲刈りを控えた田圃だ。もう刈り取られた田圃もあった。

ときに結願の寺に向かう遍路と行き違った。すると秀信は自ら足を止め、合掌した。

月ヶ瀬村が坂上に見えてきた。一番札所の嶺松院《れいしょういん》は近い。

「父上、遍路が板につかれましたな」

この日、秀信は頭陀袋に着替えなどを入れて持ち、背には筵《むしろ》を負っていた。これまで影二郎が担いでいたものを、自ら望んでそうしたものだ。

影二郎は秀信の好きなようにさせた。そのせいで笈の中ががらんと空いて歩くたびにかたかたと鳴った。

「瑛二郎、人がなぜ歩き遍路をするか、こうやって己の足で歩いてみてよう分かったわ。弘法大師様の御心が察せられる気が致す」

道がなだらかなせいか秀信の口も滑らかだ。

「おおっ、雀が落穂拾いをしておる、鳥もわれらも神仏の下に生かされておるのじゃな」

「父上、八十八箇所霊場巡りはやはり四国遍路が元にございますかな」

影二郎は秀信の饒舌《じょうぜつ》に誘われ聞いた。

「いかにもさようだ。城中での聞きかじりじゃが四十二歳の弘法大師は弘仁《こうにん》六年（八一五）に四国巡錫《じゅんしゃく》を志したそうな。その折、古《いにしえ》からあった寺に新たに開かれた寺を加えて八十八、人間の七難九厄をなくし、無病福寿を得るための霊場となされた。そのときに遍路旅は八十八箇所という格別な意味が生まれたのであろう」

「八十八の数になんぞ隠されておりますので」

野良に向かう百姓衆が合掌して通り過ぎようとする一行を迎えた。

秀信も足を止めて、丁寧に合掌して返した。

影二郎も父に見習い、あかも足を止めた。

「天竺《てんじく》に釈尊の遺跡八塔というものがあるそうな。お釈迦様の遺徳をしのんで、縁があった八つの場所に分骨して埋めたのが遺跡八塔だ。天竺ではこの八塔を巡礼する慣わしがあるそうじゃが、その数の十倍にもとの数の八を足して八十八にしたという一説が伝わっておる」

「ということは別のいわれもございますので」

「あるぞ、瑛二郎。そなたにもわしにも八十八の煩悩がある。それをこうして八十八の霊場を歩くことで一つひとつ落とそうという意味合いから出来た数ともいう」

「まだございますので」

「人にはそれぞれ厄年があるな。俗に男の大厄四十二、女の大厄三十三、子の厄年を十三という」

「えっ、無垢な子にも厄がございますので」

「瑛二郎、子にもある。煩悩は生まれた後に身につくものではないわ。生来持ち合わせたものよ。男、女、子の厄の数を合わせると八十八、その厄難を身からはぶくために八十八の霊場が作られたともいう」

「なんとのう数合わせにございますな」

「罰あたりめが」

と答えた秀信が笑ったところを見ると格別三つの説を信じていたわけではなさそうだった。

「瑛二郎、父はこうして遍路道を歩いて悟った」

「早、悟られましたか」

「空海師は人々を歩かせることによって仏縁を結ばせようとなされたのではないか。すれ違う人、野の花や樹木、野分《のわき》、大雨、吹雪、雷といった災害などいろいろな事象と出会うことで仏の御心を教えようとなされたのではないかのう」

「父上、行雲流水、その方が影二郎には分かり易うございます」

いつしか坂を上りきり、一番札所の嶺松院の二本柱を立てただけの門前に一行は到着していた。直ぐ奥に本堂が見えた。

三段ほどの石段を上がると手洗い場があった。

父子遍路は口と手を漱《すす》ぎ、本堂に進んだ。

嶺松院は寺に伝わるいわれによれば、大同年間、弘法大師がこの地に立ち寄られた折、村人が病に苦しむのを見てこの地に薬師三尊の薬師如来、日光菩薩、月光菩薩と十二神将を勧請し、真言宗の秘法百万遍を加持して村人を病から救ったのが寺開山とされる。

秀信は頭陀袋から小さな綴《と》じ本を出して、般若心経を上げた。

再び一行は遍路道に戻った。

「父上、どちらに向かいますな」

「天城湯ヶ島に参ろうか。二番札所の弘道寺があるでな」

影二郎の問いはあくまで遍路旅の次なる寺だ。秀信が隠密の企てを問い質《ただ》す気はない。

下田湊に向かう下田街道は吉奈《よしな》との辻、吉奈口に差し掛かった。

秀信は辻にあった地蔵菩薩にも合掌して心経を手向けた。その地からわずかにだらだらとした坂道を上がりきったところに木橋があって狩野川の渓谷を渡ることになった。両側から鬱蒼とした木が黄色に色付いた枝葉を差しかけ、蔦が絡んでいた。

ふいにゆさゆさと鬱蒼とした木々が揺れた。

「瑛二郎、冷川峠の猿めらがこちらに現れたぞ」

「父上、野猿山猿は自分らの縄張りを持ってその中で棲み暮らしております。別の猿にございますよ」

「そうかのう」

狩野川は川幅が狭くなった分、大地を深く抉った渓流と変わり、水量もなかなかのものだ。

影二郎一行は伊豆半島の深奥部にさしかかろうとしていた。

この街道の西側、標高四千数百尺の万三郎岳を主峰とした天城山脈よりいくつもの流れが谷へと下り、最後には狩野川に合わさって大河となった。一年中水が絶えることのないのが伊豆の地だ。

二番札所の弘道寺は猫越川と本谷川の流れが合流して狩野川と名を変える湯ヶ島にあった。

祝融《しゅくゆう》の災、つまり火事のために寺が焼かれ、寺の草創ははっきりしないという。弘治《こうじ》年中（一五五五〜五八）には福寿庵と号する庵があったことは判明していた。

気添龍意が最勝院七世笑山精真を開山して勧請し、天城山弘道寺と改称したのが始まりとされるが、前述した火事により寺の本堂を始め、諸堂ことごとく灰燼《かいじん》に帰《き》したという。

明和《めいわ》年代（一七六四〜七二）、六世西山海周の代に再建がなされたという。

「これはなんとも鄙《ひな》びた山門かな」

と秀信が思わず感嘆したように苔むした石段上の山門には桜と柿の木が枝を差しかけ、秋の気配を見せていた。

秋茜《あきあかね》が飛び交うのも里の風情で心が洗われた。

秀信を先頭に石段を上がり、一行は本堂の前に巡拝した。すると小僧がつかつかと秀信に歩み寄り、合掌すると紙片を渡した。

秀信は紙を開き、小さく頷いた。

次なる目的地が指示されていたか。

影二郎は山門を出て街道を出たところで一行が監視されていることに気付いた。これまでには感じられないほどの妖気を漂わした一団だ。

「父上、下田街道を進みますか」

「瑛二郎、三番札所なれば冷川峠下に戻ることになる」

「ほう」

と応じた影二郎はあかに、

「あか、われらどうやら天城峠を越えることになりそうじゃぞ」

と言い掛けると街道を南に取った。すると秀信が金剛杖の鈴を鳴らして小走りに影二郎とあかに追いついてきた。

「そなた、父の考えを察するようになったか」

「およそのところ」

「かように二人して日々を過ごしたことはないからのう」

秀信が言うと、

「三十四番札所、三養院《さんよういん》に向かう。寺は天城越えをした向こうじゃぞ」

と次なる行き先を告げた。

綾羅錦繡《りょうらきんしゅう》の如き紅葉に染まった谷川沿いの道をいくと、ひんやりとした冷気が一行を包んだ。

金剛杖を頼りに秀信が影二郎の前に出た。

鈴の音が本谷川のせせらぎと呼応して響き、秀信は苦しくなると心経を唱えた。

弘道寺《こうどうじ》から半刻、与市坂に差し掛かる。

「一息つきますか、父上」

影二郎の言葉に振り向いた秀信が、

「ここで立ち止まると遍路旅が途切れそうでな、進めるときに進もう」

とさらに前進した。

弘道寺の山門を出た折に感じた妖気は消えていた。一行の先回りをしたか、なんぞ別の考えがあってのことか。

谷川の流れが急になり、道もまた険しさを増した。

秀信はただ黙々と歩を進めていた。もはや心経は口を突いて出ない。だが、心の中で唱えているだろうことは推測がついた。

道が一旦谷川から離れ、消えた。

坂道の左手の小さな谷に石垣が段々に組まれ、わさび田があった。

ふうっ
と足を止めた秀信がわさび田に目をやり、なにか言いかけたが息が切れて言葉にならなかった。

「父上、どのような旅も無理は禁物、まして遍路旅を急いでどうなされます」

「いかにもさようじゃな」

秀信が路傍の小岩にどさりと腰を下ろした。

影二郎は谷川の水に手拭を浸し、固く絞って秀信に差し出した。

「すまぬ」

秀信は額の汗を手拭で拭き、

「生き返ったわ」

としみじみ言うとわさび田の秋景色を眺めた。

「この界隈《かいわい》に伊豆一の滝があると聞いてきた」

「浄蓮の滝にございますな、それがしも聞いたことがございます。父上、見物して参りましょうか」

「それはよい考えじゃな」

「父上は諸国の街道を掌る道中奉行にお就きになる身、街道の諸々がすべて勉強にございますぞ」

「瑛二郎、そう言われると旅の興趣が薄うなる。正直申して大目付筆頭に命じられたは誇らしくもある。だがな、その一方で重責をひしひしと感じるのだ」

そういう秀信の胸中を影二郎は、

「律儀な父ゆえそう感じられるのであろう」

と考えた。

「滝に寄り道するとなると先へ進もうか」

秀信が路傍の小岩から腰を上げ、再び一行は進み始めた。すると天城峠を越えてきた武家一行が姿を見せた。供三人を従えた主は一文字笠に羽織袴《はかま》、御用旅の体《てい》だ。

狭い街道だ、影二郎らは道の端に身を寄せてすれ違おうとした。

「ちとお聞き致す。浄蓮の滝にはまだだいぶござろうか」

と影二郎が聞くと中年の武家が足を止め、

「ひと曲がり坂道を昇られると滝の入口の茶店に到着致す」

と教えてくれた。

秀信が感謝の気持ちで合掌した。

武家が菅笠の下の秀信を見て訝しい表情に変わり、さらに緊張が走った。

「卒爾《そつじ》ながらお尋ね申す。もしやあなた様は大目付常磐豊後守様ではございませぬか」

秀信が合掌の手を解き、

「そなたは」

と聞き返した。

「やはり」

と態度を改めた相手が、

「それがし、勘定奉行梶野良材《かじのよしき》の家臣杉田兵衛《ひょうえ》にございます」

勘定奉行は秀信の前職だ。

「おおっ、梶野どののご家来か。梶野どのは公事方天領差配であったな」

「いかにもさようにございます。ただ今も御用にて下田まで足を伸ばした帰路にございます」

「ご苦労に存ずる。それがし、ちと考えるところあって伊豆霊場巡りの途次じゃ。私用にござれば江戸に戻られても内々に願いたい」

「承知いたしました。常磐様、ご奇特なことにございます」

と杉田兵衛が首肯した。

「さらばでござる」

杉田らに見送られて影二郎らは浄蓮の滝入口を目指して歩き出した。すると秀信が声に出して般若心経を唱えた。

杉田が言うとおり曲がりくねった坂道を上がると茶店が見えた。

「父上、昼から天城越えと考えておいてようございますな」

うーむ
と答えた秀信の返事は曖昧だった。

「なにはともあれ滝見物の後、茶店にて腹ごしらえをして参りましょうか」

「山中のことだ。そう茶店とてなかろうからな」

秀信が同意し、

「滝見物の前に厠《かわや》に行って参る」

と茶店の厠に向かった。

「滝は遠いか」

縞木綿に赤い襷《たすき》掛《が》けの娘に聞くと、

「滝は茶店の裏手にございます」

「滝見物したあと、昼餉を食したい」

「ならば笈はお預かり致します」

頷いた影二郎は、

「昼餉とは別に握り飯と酒を用意してくれぬか。峠越えでなにかあってもいかぬからな」

娘が影二郎の思い付きに頷いた。茶店ではこのような頼みもしばしば受けるのであろうか。

影二郎が笈を下ろすところに秀信が姿を見せた。

「滝はすぐ裏手ということにございます、父上」

「厠から音が聞こえて参ったわ」

「見物に参りましょうか、昼餉は頼んでございます」

狩野川上流本谷川にかかる名瀑《めいばく》は江戸にもその存在が知られていた。高さ七十五尺、幅二十余尺、滔々《とうとう》と流れ落ちる水が穿《うが》った滝壺は深さ四十五尺といわれる。

秀信は長いこと瀑布に向かって合掌していた。影二郎が肌に寒さを感じるほどにだ。

「父上、風邪を引きますぞ」

影二郎の注意にようやく合掌を解いた秀信が、

「なにやら生まれ変わった爽快な気分じゃぞ」

と静かに微笑《ほほえ》んだ。

茶店に戻ると縁台に煙草売りの杢助がいた。

「おや、そなたのほうがあとであったか」

「修善寺の得意先を回っておりましたでな」

ひと仕事を終えた杢助は蕎麦を菜《さい》に酒を飲んでいた。

「蕎麦か、よいな」

「父上、ご酒を召し上がりますか」

「遍路旅で日中から酒を飲んでよいものであろうか」

「少々ならばようございましょう」

「煙草屋と付き合いができるわ」

秀信がにっこりと笑った。

影二郎は店の奥の釜場に行った。

「酒を少々もらえぬか」

最前の娘が頷き、

「握り飯には焼き鯖《さば》と梅干とわさび漬けが添えてございます」

大きな結びが六つ、それを竹皮に娘が包み込んだ。どうやらあかのえさも考えてのことのようだ。

「助かった」

影二郎は笈に吊るしていた竹筒を差し出し、

「これにな、酒を入れてくれぬか」

と頼んだ。天城越えになにが起こってもよいように仕度だけはしておこうと思った。娘が漏斗《じょうご》を使い、竹筒に酒を三合ほど入れて栓をした。

影二郎は笈の中に峠越えの食料を入れた。

店に戻ると秀信と杢助が一つの盃をやり取りしていた。

「今新しい酒を頼みましたでな」

「馳走になるばかりでは恐縮じゃ、お返しをせぬとな」

上機嫌の秀信は修善寺の渡し場で杢助から購った薩摩国国分産の刻みを煙管に詰め、煙草盆の火で点《つ》けると、

ふうっ

と紫煙を吐き出し、

「杢助、ほんものの国分じゃな」

と満足の笑みを浮かべ、

「影二郎、杢助が峠越えに付き合うことになった、煙草の心配は要らぬぞ」

と言った。

第三話　猿ヶ辻の鵺《ぬえ》

一

「わっしが天城峠を無事に越えるまで道案内を務めますでな」

という煙草売りの杢助が一行に加わり、あかは先導役を奪われ、影二郎の後ろ、最後尾に従うことになった。だが、あかは素直に替わった。

杢助は春秋二度ほど下田街道を歩くというだけに本谷川の流れも街道も承知していたからだ。あかはそのことを動物の勘で察したのだろう。

「大旦那、天城越えは伊豆の難所の第一でございましてな、峠の高さは二千四百余尺ございます」

「なに、杢助、海を抜くこと二千四百とな、冷川峠どころではないな」

「ははあ、大日那方の海からの峠越えは冷川峠にございますか。そりゃ、比較にもなりはしませんよ。高さは三倍近く、山道の険しさと山の深さは冷川の十倍といいたいがそんな生易しいものじゃない。猪は出る、熊は出る。時に旅人を襲う山賊まで棲んでいますさあ」

杢助の言葉は影二郎には大袈裟に聞こえたが、秀信の頭陀袋の鈴の音が止まっていた。

「瑛二郎、ちと出立が遅すぎたかのう」

後ろを振り向いた秀信の顔が不安に塗《まぶ》されていた。

「確かにのんびりし過ぎましたな。ですが、父上、これもまた弘法大師がお考えになった遍路旅にございますよ。山中で日が落ちれば提灯を点して夜旅もよし、無理なれば岩屋なり探して一夜を過ごすもよし、のう、煙草売り」

「いかにもさようで」

と杢助は答えたが秀信は、

「峠で一夜とな、筵だけで寒くはないか」

「父上、暑さ寒さも遍路修行にございます」

「そうか、そうであったな」

と秀信が悄然《しょうぜん》とし、二人の会話を聞いていた杢助が笑い声を上げた。

「大旦那、倅様は腹が据わってございますな。まあ、修善寺の河原で鮮やかな腕前を拝見致しましたが、剣術《やっとう》の腕もなかなかと見ました。まずだれが現れようと倅様が追い払われますよ」

杢助は険阻難儀といったが、天城峠への道は冷川峠より遥かに整備されて秋紅葉の林に延びていた。

「天城越えは上り三里下りが三里にございましてな、寛政何年でしたか、御老中松平定信様のご一行が三島からこの天城峠越えで下田に入られたことがございます。御老中の御用旅だ、乗り物、馬、家来方と二百五十人の大行列でございましたそうです。その折、この峠道は道幅を広げ、石畳を敷いて整備されたのでございますよ」

「おおっ、そなたが申すとおり寛政五年の三月に松平定信様が下田へ参られておる。そうか、楽翁《らくおう》様もこの峠を越えられたか」

秀信の返事には感慨があった。

「大旦那はまるで松平定信様をご存じのようですね」

「煙草売り、親父どのは病を負い加療中の隠居じゃぞ、元《もと》老中と知り合いのはずもないわ」

と影二郎が秀信に代り先回りして返事をした。未だ正体の知れぬ煙草売りになんでも答えそうな秀信に釘を刺したのだ。

「御老中といえば雲の上の人でございますものな。いくら大旦那が侍だといっても顔見知りであるわけもなし」

と応じた杢助が、

「そうだ、まだ大旦那と倅様の名を聞いてなかったな、教えて下せえ」

と聞いた。

「夏目だ」

と影二郎が常磐の姓を避けて答えた。だが、杢助の追及は、

「夏目様、親子で返答されてもかなわない。呼び名はなんと申されるので」

と厳しかった。

「……おれは影二郎だ」

ふうーん
と鼻で返事をして先行する杢助の足が止まり、
くるり
と後ろを振り向いた。

「なんてこった。夏目瑛二郎様と申せばアサリ河岸の鬼にございましょう。鏡新明智流の桃井道場には鬼がいると評判にございましたな。あれから何年も過ぎた、確かアサリ河岸の鬼は妾腹と聞いたがねえ」

と秀信と影二郎を交互に見た。

「そなた、物識《し》りよのう」

その言葉に秀信がうっかりと乗った。

「旅の煙草売りは噂を拾って歩くのが商いですよ。なんでも小耳に入りまさあ。それにしても伊豆くんだりで、アサリ河岸の鬼が遍路をやっていようとは考えもしませんでしたぜ」

「父の供と申したぞ」

「となると大旦那の姓は夏目じゃねえな。常磐豊後守様、ただ今は大目付の要職にあられるはずだ」

「父上、煙草売りの杢助に穴のけばまで見抜かれましたぞ。まさか父上の知り合いではございますまいな」

秀信に杢助とは初対面の密偵ですかと遠まわしに聞いた。

「瑛二郎、煙草売りに知り合いはおらぬぞ」

秀信の返答はあっさりとしたものだった。

となると秀信の隠密御用を嫌う一派の回し者か。それにしては杢助はあけっぴろげに常磐秀信と夏目影二郎の正体を自ら承知していると告げた。

密偵がとる態度であろうか。

影二郎は未だ判断がつかなかった。

「心強いお味方と一緒になりましたぜ」

杢助が再び前方を見て峠道を進み始めた。

峠越えのお遍路や旅人と数組すれ違ったあと、往来する人影がふいに絶えた。その直後、

「瑛二郎、また肉刺が痛み出した」

と秀信が情けない声を上げた。

「常磐様、肉刺を潰されましたか。わっしが治療をして差し上げますよ」

と背に負った煙草箱を路傍の岩に置くと杢助は、

「谷川で水を汲んできまさあ」

というと身軽にもがけ道を駆け下っていった。

「父上の承知の者ではないのですね」

念を押す影二郎に秀信が、

「煙草売りか、知らぬな」

とあっさり否定し、手ごろな岩に腰を下ろした。

「ただの煙草売りか腹黒いどこぞの密偵鼠か、今ひとつ察しがつかぬ」

影二郎の呟きを秀信は、じいっと聞いていたが、首を軽く横に振っただけだった。

「まあ、怪しき者なればその内正体を見せましょう」

腰に付けていた竹筒を手に新しい水を汲んできた杢助は、秀信の足元にしゃがみ、草鞋の紐を解くと血に染まった布を外し、傷口を谷川の水で消毒して商売道具の引き出しの一つから練り薬と油紙を取り出した。

「こいつを塗り込めばどんな肉刺も一晩で新たな皮が生じる名薬でしてな、何種類もの漢方に煙草の若葉まで練り込んでございますんで」

たっぷりと練り薬を貝殻から指先につけて布に塗り、その上に油紙を被せると晒し布で器用に巻いた。

「これでよし」

秀信の草鞋の紐まで結んだ杢助が影二郎の無言を気にするように振り返った。

影二郎はそのとき、峠の頂きを見ていた。

まだ上がりの半ばに達したかどうか。

峠から濃い霧がもくもくと渦を巻いて押し寄せてきていた。

影二郎の視線の先に気付いた杢助が、

「あれはなんでございますな、夏目様」

「さあてのう」

「日が落ちる刻限にはちと早うございますよ。いや、日が沈んだんじゃねえ、商い旅に慣れた杢助も初めてみる濃霧でございますよ」

「妖怪変化が現れるには天城峠はうってつけかもしれぬ。杢助、だれの悪戯か、趣向楽しみにしておれ」

「アサリ河岸の鬼が一緒だ。相手もそう端役は出しますまい」

杢助も平然と答えた。

「瑛二郎、進むか」

「遍路旅にございますよ、ご詠歌なんぞを唱えて進まれませ」

「ふむ」

と秀信が返事をして腰を上げ、金剛杖をとんと下田街道の峠道に突いた。

「杢助、そなたが先頭に立つか、それともあかと替わるか」

「天変地異で道案内が後ろに下がったとあっちゃあ、街道をいく旅商人の面汚《つら》し、恥ずかしいや。わっしが約束どおり天城峠の頂きまでご案内申し上げますよ」

杢助はきっぱりと答え、杢助、秀信、影二郎、あかの隊列はこれまでどおりに進むことになった。

天城の森は黄葉、紅葉に明るく染まっていたが、峠の上方から低く地表を這って下りてくる濃霧に覆われ、辺りは一気に真っ暗の闇に変わり、じっとりとした濃霧が一行の体に纏《まと》わりついた。

「こいつは提灯を点してもどうにもなりませんぜ」

杢助の背が影二郎のところからもかろうじて見える、そんな風に視界が閉ざされた。

一行は街道から足を踏み外さないように、

そろりそろり

と進んだ。

頭陀袋の鈴が秀信の唱え始めたご詠歌の伴奏になり、一行の歩調を合わせた。

「足引きの天城の山をふりさけて、

リンリン

霧の晴れ間に拝む尊さ

リーンリンリン」

二番札所弘道寺のご詠歌だ。さらに鈴が鳴らされて、

「めぐり会う法《のり》の声ともろともに

リンリン

ここに千手《せんじゅ》の誓いをぞ増す
リーンリンリン」

と秀信は天城越えの向こうに待つ三十四番札所三養院のご詠歌を詠唱した。

影二郎一行は今やすっかり濃霧の闇に包まれ、下田街道から外れぬよう慎重に一歩一歩進んでいた。

伊豆の道に熟知した煙草売りが道案内でなければ影二郎も秀信連れでは躊躇《ちゅうちょ》するような、冷気を伴った闇だった。

「常磐様、わっしの腰帯に手にかけておいて下せえよ。一歩でも道を外れると千尋の谷底に転がり落ちますでな」

「こうか」

秀信が背に荷を負った杢助の帯に触った。

「もっとしっかりと帯を掴んで下せえな」

「頂きまではまだ遠いか」

「一里はたっぷり残ってましょう。これからが天城越えの正念場でございますよ」

「峠を今日じゅうに越えられそうか」

「常磐様、もはや日が暮れるのを案じることはございませんや。倅の夏目影二郎様の後見もございます、なんとしても乗り切りますぜ」

杢助がそういったとき、黒雲の向こうから、
ざわざわ
と木々の枝が揺さぶられる音が響いてきた。

かちかちかち
と固い木片でも打ち合わせるような音が加わった。音を立てている者がなんであれ膨大な数と思えた。

今や影二郎らは前後左右を囲まれていた。その包囲の輪が一行の歩調に合わせて移動し、その度にざわざわかちかちという音が峠の上に向かう。

「五里霧中とはこのことじゃな」

もはや峠道から引き返す機会を失っていた。とはいえこの濃霧の中、伊豆最大の難所の天城越えをし遂げる自信はさすがの影二郎にもなかった。

包囲の輪が縮まった。だが、相手に攻撃してくる様子は未だ見えなかった。

「夏目様、こいつはこの辺りに棲む妖怪変化じゃございませんぜ。どうやら都の臭いが致しませぬか」

「杢助、なかなかの推量じゃな」

「煙草売りは鼻が命、香り匂いには敏感でございましてな」

杢助が平然と答えた。

「そなた、この界隈に雨露凌《しの》げる岩屋を知らぬか」

「ちょいとお待ちを」

杢助の足が止まり、山道の路傍に寄ると手で濃霧を振り払い、景色を確かめていたが、

「夏目様、数丁も進むと街道が鋭く曲がり、そこに岩肌を伝う流れの架かる丸太橋に差し掛かるはずでございます。もし丸太橋に行き当たったらしめたもの、流れをちょいと登ったところに杣《そま》小屋がございます。何年も前、日が落ちて一晩厄介になったことがございますよ」

「よし、なんとかしてそこまでわれらを導いてくれ」

「へえっ」

と答えた杢助だが、語調は険しかった。

山道の数丁は街道を這い上がるようにして進み、濃霧を割ってせせらぎが聞こえてきた。

そして、二本の丸太を蔦《つた》で巻いた橋にぶつかった。

「常磐様、夏目様、助かりましたぜ」

丸太橋の前で立ち止まった杢助がそれでも橋を手で触って確かめ、

「これから道を外します。なあに杣小屋は流れのすぐ上にございますよ。足だけは踏み外さないで下せえ」

と再び道案内に立った。

影二郎はしばしその場に立ち、濃霧の向こうで包囲の輪を作る正体不明の者たちに一瞥《いちべつ》を送った。

(来るならこい)

そんな意思表示を一瞥に込めた影二郎は、

「あか、行こうか」

と最後の岩場に取り掛かった。

天城山脈の山中、杣小屋は岩と流れに囲まれるようにあった。樵《きこり》、猟師が風雨を避けて休む小屋であろうか。

がっちりとした造りで影二郎が開け放たれた小屋に入ると、秀信が囲炉裏の切られた板の間の上《あ》がり框《がまち》にぐったりと腰を下ろしていた。その顔に疲労が滲んでいる。普段城中で座したまま神経をすり減らす政道に関わる秀信だ。急に旅に出て、昨日も今日も峠越えでは疲れるのはむべなるかなだ。

「常磐様、しばらくお待ち下されよ、杢助が火を燃やし付けますでな」

囲炉裏には前に使った猟師か、火床に粗朶《そだ》がちゃんと組まれてあった。

李助が道中の道具袋から火打石を出して火を熾《おこ》し、付け木にその火を燃え移らせた。なかなか慣れた手付きだ。

小屋の土間の一角には枯れ葉や枯れ枝など焚き物が積んであった。囲炉裏で簡単な煮炊きもするのか、板の間の一角に大小の鉄鍋土鍋が積んであり、水がめもあった。

影二郎は笈を下ろすと囲炉裏の回りに筵を敷いた。

「父上、こちらへ」

李助が熾した火が自在鉤《かぎ》の下に組まれた枯れ枝に燃え移り、
ぱちぱち
と音を立てて、濃霧に包まれて旅してきた一行の心を落ち着かせた。

明かりに杣小屋の内部が浮かんだ。

板の間の一角には綿入れなども積んであった。

秀信と自分の金剛杖を持った影二郎は再び小屋を出ると、岩肌を伝い、杣小屋の横手に落ちる岩清水で金剛杖の先を清めた。するとあかが姿を見せて岩清水に口を付けて飲んだ。

「あか、夏の疲れは遍路旅で吹き飛んだようじゃな」

影二郎の言葉が分かったか、あかは尻尾を振った。

濃霧は相変わらず天城峠一帯の視界を閉ざしていたが、正体不明の包囲陣は気配を消していた。

小屋に戻った影二郎は金剛杖を板の間に上げた。秀信は囲炉裏端に落ち着いて安堵《あんど》の様子を見せていた。

「父上、なんぞ温かきものでも作りましょうか」

鉄鍋を手にする影二郎に秀信が、

「この杣小屋には食べ物も貯蔵してあるか」

「非常の米味噌くらいは床下辺りに隠してございましょう。ですが、われらも用意がございます」

「なんとそなた、食べ物を用意してきたか」

「昼餉を取った茶屋で握り飯とわさび漬けなぞを用意させました。鉄鍋で雑炊なんぞに工夫を致しましょうぞ」

影二郎の言葉を聞いた杢助が、

「さすがに旅慣れたお方は用意がようございますな。天城峠の杣小屋で雑炊もおつにございますよ。わっしも煮しめが菜の弁当を持参してますで一緒にしてくださいな」

と薬箱から柳行李《やなぎごうり》の弁当を杢助が差し出した。

「影二郎、これで酒でもあれば言うこともないがのう」

秀信の言葉に影二郎が腰に付けた竹筒を取り出して見せた。

「なんと酒もあるか」

「常磐様、わっしも少々なら持参していますよ」

と杢助も言い出し、秀信の顔に笑みが浮かんだ。

二

鉄鍋に猪の味噌漬けを入れて味を調《ととの》え、浄蓮の滝の茶店で作ってもらった握り飯三つを影二郎は割り入れた。

猪の肉の味噌漬けは床下から杢助が、

「夏目の旦那、小屋での籠城《ろうじょう》が長くなることを考え、ちょいと持参の食べ物を食い延ばしましょうかな」

と言いながら杣小屋の貯蔵の食べ物や味噌、醤油を中から探し当てたのだ。

「猟師らの非常用の食べ物を無断に貰ってよいのか、杢助」

「常磐様、山中の杣小屋はこんなときのために薪水や食べ物を保存しておくんでさ。立つときになにがしかお代を置いておけば許してくれまさあ。なにしろ常磐様父子はお遍路様ですからね」

と妙な理屈を杢助が主張した。

「旅に出るといろいろ勉強になる」

「もっとも松平定信様のように二百五十人を引き連れての大行列じゃあ、腹も減りもしますまいし、雨風に襲われることも小屋に泊まることもありますまい。ほんとうはこのように思いもかけない旅が醍醐味なんですがね」

杢助は、にたりと不敵な笑みを浮かべたものだ。

鉄鍋が煮立ち、小屋じゅうにいい匂いがしてきた。

あかも土間の筵に立ち上がり、囲炉裏端を窺《うかが》っていた。

「あか、おまえにも分けてやるでな」

杢助が言うとあかは尻尾をちょこちょこと振った。

あかは杢助をどうやら仲間と認めたようだ。だが、影二郎は今ひとつ煙草売りの正体がつかめないでいた。

竹筒の栓を抜き、小屋にあった湯呑三つに酒を注ぎ分けた。

「父上、お待たせ致しましたな」

秀信が湯呑を前に合掌した。

「父上、遍路がぴたりと様になってきましたぞ」

合掌姿も段々と恰好になってきた。

「わしの心がけと申したいが、遍路道中がかようにも殊勝な姿に変えたのよ。これも弘法大師の御心かのう」

合掌を解いた秀信が笑みの顔で、

「頂戴しよう」

と湯呑を口に持って行き、口に含んだ。

「なんとも腹に染み渡るわ」

杣小屋の外では風が出てきたか、峠の木々が揺さぶられる音がした。

「風が濃霧を吹き飛ばしてくれるとよいがな」

「常磐様、わっしはこの風も濃霧を引き起こした連中の悪戯と見ましたがな。まあ、われらが見る濃霧は幻のようなもの、現実ではございませんでな、なにかの切っ掛けに一気にすべてが掻き消えましょう。もっともその前に夏目様が大汗を掻くことになるとわっしはみましたがねえ」

杢助のご託宣だ。

「煙草売り、得体の知れぬ相手の企てを斟酌《しんしゃく》しても致し方あるまい。そなたが申すように旅に出ればかようなこともままある、それが旅よ」

「へえ、仰《おっしゃ》るとおりだ」

秀信が嘗めるように湯呑の酒を飲みながら頷いていたが、

「不思議なものじゃな、異国の船があちらこちらに姿を見せて、五街道、脇街道の重要性が変わった」

とふと洩らした。

「常磐様、下田街道も遍路道だけではございませんかえ」

「杢助、下田街道の変化はそなたがよう承知であろう。その昔、天城峠を越えた河津や西海岸の土肥では金も採れたそうだな、その頃は河津の金で下田湊も栄えたという。だが、下田湊は摂津、鳥羽と江戸を結ぶ風待ち湊として、出船入船《でふねいりふね》三千艘といわれる賑わいを今も見せているようじゃな。幕府では元和二年に下田奉行を配置なされて一旦は廃止されたが、近年下田湊の重みがとみに増してきおったわ」

「異国の船の出没にございますな」

「いかにもさようだ」

「常磐様が此度遍路を思いつかれた背後には下田見物もございますので」

「杢助、下田湊を見たいという気持ちはむろんある。五十五番札所の修福寺《しゅうふくじ》を始め、いくつか札所が集まっておるでな。行き着けるかどうかはこの峠越え次第かのう」

杢助の正直な問いに秀信が正直な気持ちを吐露し、湯呑の酒を飲み干した。

「もう一杯お注ぎしますか」

「瑛二郎、遍路の旅で酔っ払うてはなるまい」

秀信は湯呑を炉辺に置いた。

「わっしらも雑炊に致しますか」

小屋の中にあった丼に杢助の手で三人と一匹の夕餉が盛り分けられ、一同は合掌すると一椀に感謝した。

温かい食べ物が腹に入り、だれもが満足した。

「そなたにばかり働かせてもいかぬ、おれが汚れた器を洗うついでに外の様子を確かめて参ろう」

影二郎は綺麗に嘗《な》められたような丼と湯呑を抱えて杣小屋の外に出た。

相変わらずの濃霧に宵闇が加わり、辺りは全く視界が利かなかった。

濃霧の向こうに未だ正体を見せぬ者たちの気配がかすかに感じられた。

見張りを残して主力はどこぞに待機しているせいか。

影二郎が谷川の水で器を洗っていると杢助があかを伴い、姿を見せた。

「濃霧に包まれて一夜を過ごすなんぞは風流にございますな、夏目様」

「煙草売り、そなたのように得体の知れぬ霧よのう」

「わっしは、江戸の岩倉町の煙草屋の杢助、掛け値なしにございますって」

「まあ、そう聞いておこうか」

あかが水場から離れた場所で片足を上げて小便をした。

風が天城峠の頂きから鬱蒼とした樹木を揺らして吹いてきたが、濃霧は吹き飛ばされる気配はまったくなく、べったりと湿って天城山中に幾重にも覆い被さった。

濃霧に囲まれていると肌をぬるぬるとしたものが触っているようで気色《きしょく》が悪い。

あかが尻尾を垂れているのはそのせいか。

「煙草売り、無事に峠を越えられたらどちらに商い旅へ出向くのか」

「わっしですかえ、なんといっても下田は船問屋や伊豆石や天城炭でひと財産を築いたお大尽がおられますでな、上質の煙草を売るにはうってつけの土地ですよ」

と答えた杢助だが、

「下田に向かう」

とは明言しなかった。

「まあ、夏目様、そう邪険にしないで下さいな。お互い天城越えという同じ船に乗り合わせたのですから」

「こちらから頼んだわけでもない」

「押し掛けの道案内と申されるので。ともあれ、明日は明日の風が吹きましょう。その折、わが身をどうするか考えますよ」

杢助の言葉が濃霧の向こうに潜む連中に聞こえたか、木々の枝をざわざわと鳴らし、
かんかん
と固い木でも打ち合わせるような音が一頻《ひとしき》り続いた。

「瑛二郎、寝る前に小便をしておこう」

と秀信が小屋から姿を現し、天城山中に響く不気味な音に身を竦《すく》めた。

「ならば天城の連れ小便と致しますか」

杢助が秀信と並んで濃霧に向かい、小便をした。

旅は早寝早起きが鉄則だ。

小屋にあった綿入れをかけた秀信と南蛮外衣に包まれた影二郎、それに煙草売りの杢助も回し合羽を持参していて、それを夜具代わりに炉辺で一夜の眠りに就いた。

影二郎は小屋の入り口近いほうに陣取り、横になった。ときに杢助と影二郎が交代で目

を覚まし、薪をくべて火を絶やさぬようにした。

秋とはいえ天城山中の夜は冷え込む。

土間の筵に眠るあかは体を丸くして、体熱が逃げないようにしていた。

影二郎は外の気配に動きがあることを察して目を覚ました。刻限は八つ（午前二時）過ぎか。

杢助もそれに気付いたか、

「野郎ども、退屈しのぎになんぞ仕掛けてきますかねえ」

と聞いてきた。

「さあてのう。もし動くとしても頭分の命ではあるまい。そなたが申すとおり退屈しのぎに姿を見せるか」

二人は警戒を怠ることなく横になっていたが、影二郎は未明前いつしか、
すとん
となにか誘われたように深い眠りに落ちた。

「わんわんわん！」

とあかが激しく吠え立てる声に目を覚まされた影二郎は、
がばっ

と跳ね起きた。

小屋の中の火が消えて、真っ暗だった。闇の中に何者かが侵入していてうごめいていた。

「夏目様、火を掻き立てますぜ」

杢助は囲炉裏の上に身を乗り出していた。それが気配で分かった。

「煙草屋、姿勢を低くしておれ！」

「へえっ」

それでも杢助は枯れ枝を手に消えた火に突っ込み、埋火《うずみび》を掘り起こして明かり代わりに使おうと試みた。

あかは土間から吠え立てている。

影二郎は小屋に侵入した者の正体が摑めないでいた。

天井にも壁にも土間にもなにかがぬらりとへばり付いていた。その感じだけが察しられた。だが、実体があるようでなく、影二郎も見当が付かなかった。

ひゅっ
と音が響き、影二郎の頰に冷たくもぬらりとした感触のものがへばりついた。最初、冷たく感じたものはいきなり熱せられた鉄の熱さに変わった。

うっ

と呻《うめ》いた影二郎は頬に感じた物体を手で掴み、それが飛んできた天井に投げ返した。

けけけえっ

その者が悲鳴を上げた。

頬の火傷《やけど》したような痛みに構わず、影二郎は南蛮外衣の襟を掴み、小屋の隅へと、

ごろり

と転がり、場所を移動した。

自在鉤の傍らでは南蛮外衣が使えぬと判断したためだ。それでも狭い杣小屋の中だ。外衣が大きく広がらぬように注意しながら頭上で回した。

旋風が小屋の中に沸き起こった。

両裾に縫い込まれた銀玉それぞれ二十匁が倍の重さになり、天井付近に潜む何者かの体を打った。

ぬめり

再び感触が南蛮外衣を通じて影二郎の掌に伝わってきた。

どさり

と土間になにかが転がり落ちた。

あかが飛び掛かり、侵入者とくんずほぐれつの格闘を始めた。

ようやく杢助が掻き立てた囲炉裏の火が燃え上がり、小屋に侵入した奇妙な生き物を浮かび上がらせた。

顔は百年の孤独に耐えたように老いた猿面だ。だが、体はごわごわとした毛が逆立った獣の姿をして、両手の爪は長く鋭くも延びて、後ろ足は跳躍に適して細く曲がり、何十匹もの蛇の頭がうごめいて絡み合って尾をなし、時折、口から、
ぴゅっ
と紫の液体を発射した。

これが影二郎の頰を打ったものだろう。

怖気《おぞけ》を振るう生き物だった。

「なんだ、こやつらは！」

秀信の驚きの声が小屋に響いた。

囲炉裏の火がさらに燃え上がった。

影二郎は天井の梁《はり》、壁、土間の片隅に奇妙にも不気味な生き物がいるのを確かめた。

南蛮外衣を捨てた影二郎は法城寺佐常を引き寄せた。

それを見た生き物の一匹が開け放たれていた小屋の戸口から外に飛び出し、もう一匹の仲間が続いた。

あかが襲いかかった生き物も必死であかの攻撃を振り解《ほど》き、未明の山に逃げ帰っていった。

ふーうっ

と秀信の安堵の吐息が小屋に響いた。

「瑛二郎、あれはなにか」

秀信が呆然とした様子で聞き、さすがの影二郎も答えられなかった。

「常磐様、鵺《ぬえ》にございますよ」

杢助が答えた。

「鵺とな」

「へえっ、天城山中には古より鵺が棲むという言い伝えがございますそうな。ですが、わっしも鵺に出会ったのは初めてにございますよ」

「話には聞いたことがあるが気色悪きものじゃな」

影二郎は手拭を甕《かめ》の水に浸して火傷を負ったように痛みの走る頬に押し当てた。あかも傷ついたか、ぺろぺろと体じゅうを嘗めていた。

「夏目様、ちょいと傷を見せて下せえ」

杢助が商売道具の煙草の箱の引き出しから薬を取り出して影二郎の頬に塗り込んだ。

「一日二日、痛むかもしれませんな」

「鵺かなにかは知らぬが実体なき妖怪がもたらした傷、そのうち治ろう」

燃えるような痛みは杢助の塗り薬でだいぶ楽になった。

「杢助、礼を申す。だいぶ痛みが薄れたぞ」

「夏目様、初めてでございますな」

「なにが初めてか」

「いえね、わっしの名を呼んで頂けたのがですよ」

「そうであったかのう」

影二郎は囲炉裏端に再び南蛮外衣に包まれて横になった。

熱も出たようで体じゅうが気《け》だるかった。

「杢助、鵺は再び襲ってこような」

秀信が聞く声は不安に満ちていた。

「本未明の侵入は夏目様のお力を探るためにございましょう、本式な攻撃はこれからと見ました」

「鵺と対抗する手段はなんぞないか」

「あやつらは闇夜にても自由に動き回れます。その反対に白昼は姿を見せることはまずございません。となるとこちらが松明のような明かりを常に携帯することでしょうか」

「松明か」

「あとは常磐様、般若心経を唱えて弘法大師様の胸中に縋ることにございましょうか」

熱に浮かされながら影二郎は眠りに落ちた。

夢を見ていた。

鵺に囲まれ、あのぬらりとした液体を投げられて体中が燃え上がっていたが、意識だけはいつまでもはっきりとしていた。そのせいか、地獄の苦しみは永久に続いた。

どれほどの時が流れたか、喉の渇きで目を覚ました。だが、瞼《まぶた》がすぐに開かなかった。

すると耳に秀信が唱える般若心経が聞こえてきた。

「……摩訶般若波羅蜜多《まかはんにゃはらみった》心経　般若波羅蜜多心経　心経」

瞼がようやく開いた。

ふうっ
という杢助の安堵の声が洩れた。

影二郎は頬に濡れ手拭が当ててあるのを感じた。その手拭を手にすると起き上がった。

「どうだ、気分は」

「父上、なんだか長いこと眠り込んでいたように思います」

「二昼夜もうなされながら寝ておったぞ。杢助が同行してくれたで助かった」

秀信の声にもほっとした様子があった。

「父上にも杢助にも心配をかけましたな。もう大丈夫にございますぞ」

影二郎は頬を触ってみた。濡れ手拭で冷やし続けられたせいか、ひんやりとしていた。

だが、体じゅうは汗みどろだ。

影二郎は手拭を手にして立ち上がった。すると土間にいたあかが嬉しそうに尻尾を振った。

「そなたはなんともなかったか」

「いえ、あかも一日ほど加減が悪うございましたよ」

「鴾め、次なる機会を見ておれ」

影二郎は小屋を出た。

未だ濃霧が小屋を包んでいたが朝の気配が霧の向こうに覗いた。

影二郎は汗みどろの小袖を脱ぎ捨てると下帯一つで岩場から流れ落ちる谷川の水で体を浄めた。すべて気色悪いものが体内外から洗われてさっぱりとした気分になった。そこへ杢助とあかが姿を見せて、

「常磐様は夏目様のことを案じられて般若心経をずっと唱え続けておられましたぞ。親心

は有り難いものですな」

「杢助、おれはそなたとは血も繋がっておらぬ。だが、おれの看病をしてくれたようではないか。なぜだな」

「夏目様、天城越え、此度ばかりはアサリ河岸の鬼の力を借りねえと越えられませんよ」

と笑った。

「ならば杢助、鵺が支配する天城越え、ただ今より決行致そうか」

「その言葉、わっしも常磐様も待ち望んでおりましたんで」

「用意致せ」

「合点承知だ」

と杢助が思わぬ長逗留をすることになった杣小屋に駆け込んでいった。

三

二日二晩続いた、ねっとりと肌にまとわりつく濃霧は朝の到来とともに薄れようとしていた。

秀信は遍路の白衣の上に笈摺を着て、菅笠をかぶり、頭陀袋をかけて、金剛杖を突き、背に筵を負っていた。あかもいくが一晩で仕立てた同行添太郎いくと墨書された白衣を着ていた。

煙草売りの杢助は煙草を入れた引き出しの箱を背に負い、塗笠には、

「江戸岩倉町煙草屋」

と書いてあった。

二人と一匹は昨日までの装束と変わらなかった。

だが、影二郎は秀信を狙う敵方が姿を見せ始め、どうやら本式な襲来が近いと悟った今、普段の恰好に戻していた。

浅草弾左衛門《だんざえもん》が贈ってくれた一文字笠を被り、その竹骨の間には珊瑚玉《さんごだま》の簪《かんざし》が差し込まれていた。両刃の簪は二世を誓った女、萌の持ち物であり、聖天の仏七に騙されたと知ったとき、自ら喉を突いて自裁した刃物だった。

黒の無紋の小袖の肩には南蛮外衣がかけられ、腰には南北朝期の刀鍛冶、法城寺佐常が鍛造した大薙刀をその後、刃渡り二尺五寸三分に鍛ち変えた大業物がぶち込まれていた。大薙刀を刀に拵え直したせいで、反りが強い。

「先反佐常」

と異名をもつ所以《ゆえん》だ。

遍路の持ち物から金剛杖だけは影二郎も持参した。弘法大師の化身を天城峠の杣小屋に残すわけにいかなかったし、峠越えの支えに使おうと考えて持参したのだ。

杣小屋を出るとき、秀信は持参の矢立《やたて》で一筆記した。小屋に貯蔵してあった食べ物や薪炭を勝手に費消した詫びの言葉を書き、その代価として一両を包んで残したのだ。

朝まだきの峠に秀信の般若心経が清々しくも響いた。

李助が一行の先達を務め、秀信、影二郎の順であかは三人の前に立ったり、後ろを警戒するように場所を変えた。

「夏目様、鵺めら、気配を消しておりますな」

「そなた、日中は姿を見せぬと申さなかったか」

「へえっ、だが、真っ昼間に濃霧を巻き起こして姿を見せた連中ですぜ。これからもどんな手妻を使うか知れませんや」

「神通力も薄れてきたのではないか。霧が晴れていくわ」

「仰るとおり常磐秀信様の心経に黒い霧が見る見る消えていきますな」

天城峠を覆っていた濃霧が、

すうっ

という感じで流れ、目にも鮮やかな錦繍が一行の前に姿を見せた。すると下田街道を往来する荷駄を引く馬方、遍路、旅人が時の狭間《はざま》から浮かび上がり、何事もなかったように歩き出した。

「狐に騙されたような気分ですぜ。わっしらが小屋で過ごした二日二晩はどこへいったんで」

「杢助、鵺に聞くことだな」

「鵺なんぞどこにおるのか、なんとも長閑《のどか》な峠越えではございませんか」

山紅葉の重なり合った彩の間から朝の光が差し込んで街道に華やかな木漏れ日を落とした。

「狐狸妖怪が悪戯を仕掛けたのだ、これで済むとも思えぬ」

「へえっ、楽しみにしていまさあ」

と余裕で応じる杢助の背に負った煙草の箱が、
かたかた
と鳴り、気持ちのよい音を立てた。

小屋を出て四半刻、もはや霧の気配などどこにもない。赤、黄と何重にも重ね縫ったような紅葉の森が次から次に街道の左右に広がり、影二郎らの目を飽きさせることはない。

「常磐様、天城峠の頂きはもう少しでございますよ」

杢助が秀信に告げたのは出立して半刻を過ぎた頃合だ。

「小屋に逗留しておる間、そなたに肉刺の治療をしてもらったで足も軽い。峠にはなんぞあるか」

「茶店がございましてな、一服できます」

「それは楽しみな」

天城越えの最後は山道が急勾配になり右に左にうねって、一行は錦の照葉に体を抱かれるように黙々と歩いた。

ふいに視界が開けた。

伊豆の山並みが望める峠に茶店が煙を上げて客を待ちうけていた。

全山が楓紅葉、桜紅葉、柿紅葉、櫨《はぜ》紅葉と多彩な色に燃えていた。

「なんということか」

秀信が感激に言葉を詰まらせた。

「江戸にも紅葉の名所がいくつもあるが、この広大な風景を知るともはや比較のしようもないな」

秀信は峠の壮大な景色に合掌した。長い合掌が終わったとき、影二郎が、

「父上、鵜払いになんぞ食していきましょうか」

「われらはよい。そなたはこの二日ばかり飲まず食わずで床に就いていたゆえ腹も空いたろう」

と反対に影二郎の身を秀信は案じた。

「おきち婆様、また寄せてもらったぜ」

煙草売りの声が茶店に響くと姉様かぶりの小柄な老婆とはち切れんばかりに肥えた孫娘の二人が飛び出してきて、

「あれっ、杢助さんか。また商い旅か」

「これが商売じゃや、致し方あるまい」

と杢助が天秤棒を下ろすと老婆が、

「お遍路の旦那と道連れになったか」

と聞いた。

「おお、修善寺から一緒だ。峠の途中で鶴に悪戯されてよ、二日二晩も山小屋に雪隠詰《せっちんづ》めだ」

「雪隠詰めだけで命が助かったのは拾い物だよ、杢助さん」

「伊豆路を長いこと歩いてきたが、鶴に出会ったのは初めてだ」

「この数年、鶴が姿を見せるようになったそうな。もっとも里人には鶴の姿は見えぬ。お武家様を相手に酷《ひど》い悪さを仕掛けるというでな」

「なにっ、侍ばかりを鴆は敵視致すか」

影二郎の問いに老婆が頷き、

「いつでしたかねえ、三人の主従侍がよ、鴆に襲われ狂い死にしたこともあった。下田奉行所のお役人だというが、御用旅で江戸に出る途中に襲われたそうな。その死顔といったら、怖気を振るうほどの恐ろしさに歪《ゆが》んでいたぞ。よほどのことがあっただねえ」

「おきちお婆もみたか」

「見た、あんな姿で死にたくはねえ」

とおきちが首を竦め、

「朝餉を食していくか、杢助さんや」

「小屋に閉じ込められてこの数日まともな食べ物を口にしてねえや。自慢の朝餉を馳走してくんな」

「あいよ」

と返答するおきちに影二郎が、

「生き返った祝いだ、少々酒を貰おう」

と願った。

「それも旅の楽しみだ。まして酒の肴は天城峠の山紅葉だ。天下一の趣向だよ」

おきち婆さんと孫娘が台所に下がったが、すぐに孫娘が燗をした酒を徳利に持参した。

「瑛二郎、朝酒は回りが早い。歩くのが億劫になる、わしは止めておこう」

「お好きになされませ」

杢助と影二郎は互いの猪口に酒を注ぎ合った。酒の香りが辺りに漂い、秀信の鼻がくんくんと動き、

「うーむ。そなたらばかり楽しむのは癪《しやく》じゃな、やはり頂戴しよう」

と自ら猪口に手を出した。

「父上、お酔いなされ。酔えば酔うたで峠を越える馬方に頼みましょう」

「馬が通るか」

「下田街道にございます、そのうち空馬が通りかかりますぞ」

ならば、と秀信が猪口を突き出し、三人はそれぞれの思いと一緒に熱燗の酒を口に含んだ。

「いつどこで飲んでも酒は美味じゃな」

「父上のお体が健《すこ》やかな証拠にございますよ」

鵺に囲まれた夜から一転して爽やかな時が到来し、影二郎らは三人で徳利一本の酒を分

け合って飲んだ。

その頃合、湯豆腐鍋が出てきた。

「ほう、湯豆腐か、わしの好物をお婆は承知しておるぞ、杢助」

ご機嫌の秀信は湯豆腐を菜に麦飯をぱくぱくと食した。

「瑛二郎、この景色を見ながらの朝餉、たまらぬな」

秀信は最後にはわさび漬けで二杯目を食して満足の様子を示した。

茶屋で朝餉を摂《と》り、休息することおよそ一刻、影二郎が朝餉の代金を孫娘に支払っているると湯ヶ島の方角から空馬が峠に姿を見せた。

杢助はおきちお婆に乞われて煙草を分けていた。

茶店の客に売る煙草のようだ。

「夏目様、こちとらが商いをしている間に朝餉のお代を払って頂き、恐縮にございます」

「山小屋では親子して迷惑かけたでな」

と答えた影二郎が、

「父上、馬を頼みましょうか」

と折よく茶店の前の木に手綱《たづな》を結ぶ馬方を見ながら言った。

「瑛二郎、遍路が馬では弘法大師の御心に背かぬか」

「なんの、八十八箇所、どう廻ろうとなにで参拝致そうと空海師の御心はせまくはございませぬ」

「広大無辺か。伊豆に参り、遍路旅は自在なものと承知したが都合よき解釈ではなかろうか」

と秀信が迷うところに煙草を買い終えたおきちお婆が、

「乗りなされ乗りなされ。老いては子に従えだよ、お侍」

と言われ、秀信も迷ったように考えた。

「お客人、乗るんならよ、その前に一服吸わせてくんな」

馬子が客と見て言う。

「急ぐ旅ではない、存分に吹かせ。煙草が足りなければ煙草屋もおるでな」

影二郎の冗談をちょうど茶店に入ってきた遍路一行が聞いたか、

「煙草が切れたところだ。煙草屋さん、分けてくれませぬか」

と中年の男が言い出した。

一行七人の男ばかりで白衣に笈摺を羽織り、手甲《てっこう》、脚絆《きゃはん》に草鞋履き、菅笠を被り、金剛杖を突いていたが、遍路衣装はどれもが風雨に打たれて汚れていた。杖は護身用に用いるつもりか六尺と長く、太かった。

杢助は急に商売繁盛で茶店の客に煙草をあれこれと勧めていた。

馬方は持参の煙草入れから刻みを煙管に詰めて煙草盆の火で点け、旨そうに一服した。

そして、秀信に、

「お武家遍路様よ、峠の苦労は上りではねえ、下りだ。上り坂によ、足腰が弱ってふらついているだ。それでよ、下り坂で足を挫《くじ》いたり、ひでえときは浮石に足を取られて谷間に転がり落ちて大怪我だ、ときには命を失うこともある」

と言うと、

「天城越え、下り三里は嘗めてはならぬ
峠名物、谷落とし、ホイホイホーイ」

と渋い声で馬子歌まで披露して、

「いくら遍路だってよ、おっ死《ち》んじゃあ、なんにもなるめえ」

と秀信に決心を迫った。

「人が転がり落ちる峠道だ、馬が躓《つまず》くことはないか」

「おらの馬っこは峠の隅々の石までご存じだ。案じることはねえ、三十四番札所の三養院まで無事に届けるでよ」

馬方に寄りきられるように秀信が馬を雇うことにした。

影二郎に助けられ、秀信が馬の鞍に這い上がった。すでに杢助はひと商いして荷を背に負った。

「夏目様、ひと稼ぎさせて頂きましたよ。なんだか恐縮至極にございますよ」

「商人が品を売るのに恐縮することもあるまい」

今度は馬方が先頭になり、一行は天城峠の下りに差しかかった。

「そなた、峠を往来する馬子じゃな」

鞍の上に跨《また》がり、余裕が出た秀信が馬方に聞いていた。

「この三日、どうしておった」

「どうしておったっていつもどおりだ」

「天城峠を往来していたのじゃな」

「おまえ様は江戸からのお武家のようだね、いかにもわっしは下田街道を行き来する馬方だ。一日休めば釜が干上がる、いつだって明け六つ前から暮れ六つまで天城峠を上り下りしていただ」

「なんの異変もなかったか」

「へえ、いつもどおりの峠かと聞かれれば、さようでしたと答えるしかねえな」

馬子が怪訝《けげん》な表情で鞍の上の秀信を見ると、

「お客人、なんぞ異変に出くわしたか」

と尋ねた。

影二郎は馬子と秀信の会話を聞きながら、半丁ほど後ろを茶店で会った男ばかりの遍路七人が従ってくるのを見た。

杢助も影二郎の視線に気付いて後ろを振り向き、

「慣れた遍路衆にございますな」

「まるで廻峰修験者のように顔は陽に焼かれ、遍路姿も風雪に打たれておるな」

「なかなか見かけませぬな、あれほどの遍路は」

二人の会話は秀信の言葉に途中で途切れた。

「馬子、われら、峠下の杣小屋で二日二晩閉じ込められておった」

「なぜでございますな」

「峠を包む濃霧に視界を閉ざされて道中が出来なかったのだ」

「それはお気の毒なこって」

と答えた馬子が、

「お武家様、それがこの三日のことと申されるので」

「いかにもさようだ」

「そりゃおかしいや、このところ晴天続きでしたぜ。わっしは何人もの客を乗せて峠を往来していましたぜ」

「おかしかろう。そなたはこの数日も常と変わらず馬方の仕事で峠を上り下りしていたという。われらは濃霧に包まれて難渋して杣小屋に閉じ込められておった。あの二日二晩はなんなのだ」

「お武家様、異変と聞かれたのはそのことで」

「いかにも」

「ただ濃い霧に包まれただけでございましたか」

「深夜小屋の中に鵺の群れが襲来しおった」

馬子の足が止まり、秀信を見上げ、視線が影二郎に移った。

影二郎が頷いた。

「鵺に襲われて生き残られた」

「近頃悪さを致すそうじゃな」

影二郎が聞くと、

「悪さなんてもんじゃねえ。下田奉行所では江戸との往来に船便か、遠回りでも海沿いの東浦道を使われておりますよ」

と馬子が答えた。

「お武家様を乗せるじゃなかった」

「なぜだ」

「鵺は目をつけたが最後、必ず何度でも襲いくるという話なんでございますよ。まさか下り道で鵺に襲われるなんてことにならなきゃいいが」

馬子の言葉が震えた。

そのとき、明るかった峠道が急に暗くなり、雨が落ち始めた。

「なんてこった、鵺に狙いをつけられた」

「馬子、致し方ないわ。縁があってわしを乗せた以上、われら一蓮托生《いちれんたくしょう》の運命じゃぞ」

「お武家様、暢気《のんき》なことを言わないで下せえよ。鵺め、人を襲うときはまず馬なんぞ同道する生き物の首っ玉に喰らいついて生き血を吸うって話なんですよ。馬子が馬を死なせちゃ、明日からの暮らしが立ちません」

「馬子、われらにはほれ、あかと申す犬が同道しておるがのう、過日襲われたときも鵺に果敢に挑みかかっておったぞ」

秀信は余裕の会話をしていた。鵺に襲われた経験が秀信を強くしていた。

「馬と犬が一緒になるものか」

と馬子は怒ってみせた。

影二郎は後ろからくる遍路の七人衆の姿が掻き消えているのに気付いた。

「夏目様、どうなさいますな」

杢助が聞いた。

峠道は河津川に流れ込む細流が作った、小さな滝、二階滝に差しかかって大きく西へとうねっていた。岩場から岩の一部が庇《ひさし》のように突き出して雨宿りに打ってつけだ。

「馬子、ちと止まってくれぬか」

影二郎が馬子に命じ、馬が止まった。

「父上、鞍から降りて下され」

秀信を一旦馬から下ろし、岩場の庇の下に避難させた。

いつの間にか煙草売りの杢助の姿が影二郎の金剛杖を借りうけて消え、煙草を入れた引き出しの荷箱だけが残されていた。

「なにが起こるので」

「馬子、見物しておれ。そなたには害はあるまい」

馬子が馬の手綱を引いて秀信が避難した庇下に身を寄せた。

その前にあかが控えて臨戦態勢が整った。

四

影二郎は街道の真ん中に立った。

雨が本降りになった。

地面を叩くような雨だ。たちまち二階滝の水嵩《みずかさ》が増した。辺りが暗くなり、視界が閉ざされ、寒さが増した。

風も峠上から吹き降ろしてきた。

遍路七人衆の姿は見えなかったが影二郎は近くにいる予感を得ていた。

時が無為に流れていく。

四半刻、半刻……あかが吠え立てた。

ふわり
という感じで遍路姿の七つの影が金剛杖を手に雨煙の下田街道に浮かび上がった。

「待たせおったな」

影二郎が声をかけた。

「夏目影二郎、われらの正体を見抜いておったか」

七人の一人が応じた。杢助から煙草を買った中年の遍路だ。

「正体など知らぬ。ただ、屈強な男ばかり七人、作りすぎた恰好かなと怪しんだだけよ。やはり偽遍路であったか」

ふっふっふ
と笑った煙草を買った男が、

「常磐秀信、夏目影二郎父子には死んでもらう」

と宣告した。

「名を名乗らぬか」

「諸国に遍歴すること十七年余、夢想無限流棒術鳩尾帯水龍熾《みぞおちたいすいたつおき》とその弟子六人衆である」

「ついでじゃ、だれに頼まれてわれら親子の暗殺を引き受けたか話さぬか」

「夏目影二郎、世の中はすべて信義で成り立っておるわ」

「十七年余も血腥《ちなまぐさ》い暮らしを過ごしてきた輩が信義の二文字を口にするとは片腹痛い」

首領の鳩尾を省いた六人衆が影二郎を囲むように六尺の金剛杖を高々と構え、輪を作り、囲んだ。

影二郎は六人の動きを見つつ、左肩にかけていた南蛮外衣の一方の裾に縫いこまれた銀玉に右手が軽く触れた構えで相手の動きを見た。

六本の棒の先端が緩やかに下降してきて影二郎を中心にして金剛杖と遍路が輪になり、雨煙の中に武骨な、

「花」

を咲かせた。

「夢想無限流水中花」

輪の外から鳩尾が技の名を告げた。すると金剛杖を突き出した六人が一斉に回転を始めた。

影二郎は動かない。

雨を衝《つ》いて走る六人の動きが早くなり、金剛杖が左右に振られて仲間の金剛杖にぶつかり、

こんこん

という音を響かせた。

六人衆の白衣と笈摺は雨を含み、それが激しい円運動によって外へと水飛沫が飛び散った。

影二郎の腰が回転する六人に感づかれないような動きで沈んだ。

今や遍路六人衆の横走りは一条の流れとなって完全な輪を雨中に描き出していた。

はっ
と鳩尾の口から気合いが洩れて、輪が一気に窄《すぼ》まり、金剛杖が突き出された。
「水中花六本串刺し」
輪が停止した。
金剛杖の先端が雨煙を突き破って鈍く光った。先端に隠されていた刃物が影二郎の不動の体に六方向から突き出された。
影二郎は反動もなく雨の峠道に飛び上がっていた。
金剛杖の刃先が今まで影二郎が立っていた虚空で一つにぶつかり、その上に影二郎の着流し姿があった。
切っ先を一つに合わせた刃が手元に引き戻されようとした瞬間、
ふわり
と影二郎の痩身が組み合わされた六つの刃の上に飛び降り、南蛮外衣の裾の銀玉に掛かっていた右手が引き回された。雨水をたっぷりと含んだ長衣は重く、影二郎の身にまとわりついたが、影二郎の片手はそれをものともせず手首が捻られて引き抜かれた。すると両の裾に縫い込められたもう一つの銀玉が雨を衝いて外側へと遠心力を見せ、外衣を大きな円に広げた。

影二郎は六本の金剛杖で描き出された円に対し、南蛮外衣一枚の花を雨中に咲かせてみせた。

それは表地が黒羅紗、裏は猩々緋の大輪の花で、外縁を描く銀玉が金剛杖を引き抜こうと力を入れた遍路六人衆の鬢《びん》や側頭部を次々に打ち据えて砕いていった。

げえぇっ！

絶叫を洩らした六人衆が血反吐《ちへど》を吐いて次々に横倒しに崩れ落ちた。

影二郎の体が虚空を飛んで斃《たお》れ伏す輪の外に飛び降りた。

「おのれ」

鳩尾帯水は一瞬にして六人の門弟を失い、憤怒の形相へ顔を変えた。

六人衆の骸《むくろ》は今や川の流れのようになった下田街道の坂道に倒れ、水流に押し流されて、
ごろりごろり
と転がっていった。

「頭分だけ逃げるわけにもいくまい」

影二郎の言葉に、

「夢想無限流の棒術の冴えを見よ」

と金剛杖を、

発止!

と構えた。すると金剛杖の先端に仕込まれた一尺ほどの直剣が姿を見せて、金剛杖は七尺の長さの得物《えもの》に変じた。

「夏目影二郎、参る」

鳩尾帯水は棒と槍を兼ねた七尺の得物を水平に構えた。

影二郎はたっぷりと雨を含んだ南蛮外衣を岩屋の庇下に投げた。

着流しの腰に法城寺佐常があった。

刃渡り二尺五寸三分の先反佐常が抜かれ、正眼に置かれた。

峠道の上《かみ》に鳩尾が位置し、下手《しもて》に影二郎が立った対決の構えだ。

間合い二間半の足元を雨水が流れ、その一部は河津川の支流へと注ぎ込んでいた。

けええつ
天城峠の猿が鳴き声を上げた。

鳩尾帯水の左手が棒の柄から離れ、右手一本に保持された一尺の刃先が伸びた金剛杖が回転を始めた。

豪腕にして物凄い膂力《りょりょく》だ。

ぶるんぶるん

と大きく回された金剛杖が軽やかな回転に変わり、一尺の刃が雨を鮮やかに切り裂いて影二郎に迫った。
刃が起こす風圧を感じた時、影二郎は後ろ向きのまま峠道を下り始めた。すると鳩尾の刃が大きくも鋭く回転しながら従ってきた。
峠道の左右から差しかかる楓紅葉が金剛杖の先端から伸びた刃に、
すぱり
と斬られて散った。
天城峠の下り道は右に左に蛇行していた。
影二郎は谷川に落ちる街道の水音が変化したのを感じて横手の岩場に飛び上がった。
鳩尾の回転する刃が迫り、岩場の横手に突き出した楢《なら》の太枝を、
ばさり
と両断した。
影二郎は先反佐常を右手一本に持ち替え、再び谷川寄りの路傍へと飛んだ。街道を覆い尽くして流れる雨水の上に影二郎が着地したかしないか、
びゅっ
と影二郎の脛《すね》を撫で斬るように刃が迫った。

影二郎は再び虚空へと刃を逃れて飛んだ。今度は峠下ではなく上に向かって飛んだ。

流れの上に着水した。

だが、影二郎の降りたところは雨に地盤が緩んでいた。着地したとき、利き足の右足が、
ずるずる
と谷川へ向かって落ちた。

影二郎の体が傾いた。

左手で路傍に生えていた山椿の枝を摑んだ。体勢が崩れて、踏ん張りきれない。なんと
か谷川への落下は免れたが、半身が崖に落ちていた。

「夏目影二郎、今生《こんじょう》の別れじゃぞ！」

鳩尾帯水が金剛杖の先端に隠されていた両刃の刃を突き出すようにして影二郎に迫った。

逃げ道は一つしかなかった。

(一か八か、河津川の支流に向かって飛ぶか)

と影二郎が覚悟したとき、雨煙を割って、

「えせ遍路めが！」

という叫びとともに金剛杖が鳩尾帯水に向かって飛んできた。

はっ！

として飛来する金剛杖を見返した鳩尾が思わず影二郎に突き出していた刃を横手に振るった。

かーん！

影二郎の金剛杖と刃付きの金剛杖が絡んで影二郎の金剛杖が山際へと飛ばされた。

影二郎は山椿の枝の手に力を加え、峠道へと飛び戻った。

だが、降り立ったところは鳩尾帯水と肩と肩をすり合わせるほど間近だった。

鳩尾が虚空に振り上げていた金剛杖を引き付けた。

影二郎は腰を沈めつつ右手に保持していた先反佐常の峰先に左手を添え、

くるり

と半身を回し、反りの強い切っ先を左肩上から後方へと突き上げた。

金剛杖が生み出す殺気を体じゅうに感じながら、影二郎の両手は鈍い手応えを得た。

ぐさり

先反の切っ先が鳩尾の体を抉った。

影二郎は佐常を離すと前方へ、街道を流れる水の上を前転した。そして、ごろごろと転がりつつ、立ち上がった。

ゆらり

金剛杖を支えに鳩尾帯水が立っていた。

先反佐常が鳩尾の背から喉を突き通していた。

影二郎がゆっくりと仁王立ちの鳩尾帯水に歩み寄ると法城寺佐常の柄に片手を伸ばした。

「どうだ、鳩尾、われら親子の殺害をだれに頼まれたか、話してから地獄に行かぬか」

にたり
と鳩尾が笑った。

影二郎はゆっくりと佐常を抜いた。すると鳩尾がよろよろと体をよろめかせたが、必死で金剛杖を支えに姿勢を保った。

「身過ぎ世過ぎの頼まれ仕事ゆえ信義だけは守り通したい」

「そなたの生き様、夏目影二郎、感じ入ったぞ」

ふーうっ
と吐息を一つ吐いた鳩尾帯水の体が後ろ向きに河津川の支流へと落ちて、鍛え上げられた体が岩場にぶつかって何度も跳ね、白衣の上に着た笈摺をひらひらとさせながら激流へと飲み込まれていった。

影二郎はしばしその光景に目を預けていた。

一つ間違えば激流に落ちたのは影二郎のほうだった。振り向くと山側の岩場に杢助が立っていた。

「杢助、そなたは夏目影二郎の命の恩人じゃぞ、礼を申す」

「なんのことがございましょうか。弘法大師様の分身、金剛杖が助けたんでさあ。ともあれ、この杢助、アサリ河岸の鬼に貸しをこさえたようだ」

にたり
と杢助が不敵な笑みを浮かべていた。

影二郎は命を救った金剛杖が消えた谷川に向かい合掌した。


その夕暮れ、河津川の河原に湧く湯に身を浸す常磐秀信と影二郎父子の姿があった。

上流で俄《にわ》かに降った雨に増水した河津川だが、その夕刻前にはいつもの水流に戻り、色彩豊かな秋景色を河原に再び見せてくれた。

ずぶ濡れになった一行は秀信を馬の背に乗せ、天城峠を下ってきた。

「お武家、雨が止んだで三養院まで辿りつけねえことはねえがよ、下帯まで濡れ鼠じゃあ風邪も引こう。どうだ、河津の一軒宿で一晩厄介になってよ、明日三養院に下りなせえよ」

と馬子に言われ、影二郎は決断した。

旅慣れた影二郎や杢助なれば雨に濡れた程度で、旅の予定を変えることもない。だが、秀信には初めての経験だ。

「父上、馬子の忠言受けませぬか」

と鞍の上で黙り込む秀信に聞いた。

「馬子、河津の湯治宿は近いか」

「数丁もいった先を河原に下りるだ。道が雨で流されてなきゃあ、四半刻後には湯の中だ」

「瑛二郎、ちと寒気もする、厄介になろうか」

秀信の返答に馬子の手綱に力が入った。

「瑛二郎、遍路旅は八十八番札所の修禅寺、一番の嶺松院、二番の弘道寺と三寺しか巡拝しておらぬ。だが、そなたには、冷川峠、修善寺の奥ノ院、天城峠の杣小屋、此度の遍路七人衆と四度も戦うて、難儀をかける」

河原の自然石に岩の間から染み出す湯が創り出した河津の河原湯に身を浸し、ほっとした様子の秀信がいった。

「父上はすでに八十八番札所と一番札所を参られ、ちとずるうございますが結願なされたともいえる。それに比べてこちらは刃傷《にんじょう》四番勝負にございます、なんの役にも立ちませぬ」

影二郎が苦笑いし、周りを見回した。

だれも人の気配はなかった。

杢助は宿に着くとすぐに商いものの煙草が湿っておらぬかどうか、部屋で和紙の上に煙草の袋を広げてさぼした。

「常磐様、夏目様、わっしはこいつを確かめて湯に浸かります、お先に参られませ」

と勧めてくれた。そこで宿から一丁ほど離れた河原の湯に入りにきたのだ。

「父上、そろそろ胸の中を明かされませぬか。こちらの刃傷旅もそろそろタネが尽きますでな」

「そなたにはいつ打ち明けようかと迷っておった、許せ」

影二郎は頷いた。

「そなたも承知であろう。来春、日光社参が行われることをな」

「父上の筆頭大目付就任は社参に関わりあることですか」

筆頭大目付は道中奉行を兼帯して諸国の街道を監督差配する。当然日光街道の警護警備の諸々は秀信に関わってくる。

「それがしを筆頭に推薦なされたのは水野忠邦様と老中・海防掛真田信濃守幸貫《さなだしなののかみゆきつら》様とか。

このお二人、正直申して反りが合わぬ。日光社参を巡ってもな。そのお二人がそれがしを推挙なされた」

影二郎はしばし沈思の後、聞いた。

「六十七年ぶりの日光社参に老中水野忠邦様がえらく熱心とか」

「忌憚のう申せば水野忠邦様の天保の改革、順調に進んでおるとは申し難い」

「策もなくただあれも駄目これも駄目の禁止令の連発、人心はすでに水野改革から離れております。天保の改革の失敗を糊塗しようと日光社参をなさったところで、すでに失った幕府の権威は蘇りますまい」

「瑛二郎、そなたのようにあっさりと言い放たれればわしの気持ちもどれほど楽か」

「大目付筆頭に就かれるのを辞退なされればいっそさっぱり致しますぞ」

秀信が苦笑して、

「幕閣の一翼を担う人間がそう無責任もできまい」

「父上の代わりはいくらもございます。あれこれと策謀を巡らす鳥居忠耀なんぞがすぐに名乗りを上げましょう」

「瑛二郎、それが出来ればのう」

「父上のご気性ではご無理ですか」

しばし秀信は沈思し、口を開いた。

「此度の日光社参には幕府内でも反対者が多い。すでに幕府の屋台骨をぐらつかせるほどに財政は逼迫しておるところに日光社参を強行致せばさらに商人に借財が増えるばかり、水戸様らは日光社参に使う金子を海防に回して外国列強に備えよと強固に主張なされておられる」

河原の湯に夕暮れの闇が深くなった。

「過日、真田様に呼ばれた」

「ほう」

「その折、それがしを筆頭に推挙なされた理由を申された」

「理由がございますので」

「日光社参に真田様も積極的に賛意は示しておられぬ。だが、もはやここまで来た以上無事に社参を終えたいと申された。その上でな……」

「豊後守どの、そなたには妾腹の倅がおられるそうな」

「はっ」

と緊張する秀信に、

「そう緊張めさるな」

「たしかに亡き女に産ませた子がおります」

「夏目影二郎どのは、過ぐる日、鏡新明智流桃井春蔵道場で鬼と呼ばれた、剣の達人であるそうな。ただ今、水野忠邦様が影二郎どののことを重宝しておられるのも承知だ。それでな、水野忠邦様にはちと僭越《せんえつ》かと思うたがそなたを道中奉行兼帯の筆頭大目付昇進に賛意を示した」

「倅と日光社参がなんぞ関わりがございますので」

「豊後守どの、日光道中には関所破りの賊徒国定忠治が立て籠もる赤城山も近い。上州は忠治の地元であり、忠治を敬う土民も多いと聞く。国定忠治が鉄砲なんぞを持って徒党を組み、来春の日光社参のお行列に暴れ込むようなことがあっては一大事じゃ」

「いかにも」

と答えつつ、倅の瑛二郎と日光社参と国定忠治がどのような関わりを持つか、秀信は推量もつかなかった。

「そなた、承知ではないか」

「承知ではないかとはどのような問いでございますな」

「倅どのと国定忠治は知己と申してよい仲だ」

「真田様、そのようなことがあろう筈がございませぬ」

「言い切れるか。そなたの倅は島流しの身であったな。それを牢屋敷から極秘の裡《うち》に出して腐敗した関東取締出役六人を始末させたのは、そなた、なかなかの荒業を使われたな、豊後守どの」

ここにも夏目影二郎の秘密を知る人物がいた。

「安心めされ、豊後守どの。それがし、今さらそのことをうんぬんしようとは思わぬ。そなたを筆頭大目付に推挙したは日光社参が無事に終わることを願ってのことじゃ。そなたを倅どのが手助けせぬわけはあるまい。国定忠治を抑えられるのは八州廻りでも代官所でもない、そなたの倅の夏目影二郎ただ一人よ」

と言うと真田幸貫はからからと笑った。

「そなた、国定忠治と申す賊徒と知己か」

「知己かどうか、承知にはございます」

「なんと」

秀信が絶句したとき、河津川河畔の一軒宿の方角から明かりが近付いてきた。

「父上、話はあとで」

うーむ

と秀信が答えたとき、明かりを手にした杢助とあかが姿を見せた。

「煙草は大事ないか、杢助」

「へえっ、一、二割は雨に濡れたものもございますが、大半はなんとか売り物になりそうです」

「ならば湯に入れ。今宵は命の恩人の背中なと流させてもらおう」

「アサリ河岸の鬼に背中を流して頂くので。天地が逆様になりましょうな」

「今の幕府はそのくらいのことをせぬと長持ちせぬわ」

「はああっ」

と曖昧な返事をした杢助が湯に入ってきて、

「ふうっ、極楽極楽」

と、気持ちよさそうな声を上げた。

第四話　玉泉寺の月見湯

一

風雨に打たれた秀信の白衣と笈摺は熱心な遍路のようで、苦難の跡に染まっていた。その姿で三十四番札所三養院の本堂で合掌した秀信は朗々と般若心経を唱えている。そのかたわらにこちらも黒ずんできた笈摺を着たあかが神妙な顔で座っている。

秋らしい穏やかな光が散って本堂の庇に柿の大木が枝を差しかけ、鳥たちが熟した柿を無心に突《つつ》いていた。

菩提を弔う遍路旅とは無縁と悟り、かたちばかりの白衣姿を捨て去った影二郎は、無頼のなりで三養院山門下に立ち、秀信とあかの信心の様子を眺めていた。

煙草売りの杢助が河津の一軒宿の湯治場の朝餉を終えた刻限、

「常磐様、夏目様、天城越えでは得難い経験をさせてもらいましたよ。里に下りたとなりゃ、商売に身を入れなきゃあなりませんや。名残り惜しいがお別れ致します」

「杢助、参るか。今しばらく遍路旅をともにしたかったが商いとあらば致し方あるまい」

秀信が応じた。

「そなたとは旅の道中でまた会う気が致す。別れの言葉はそのときまで残しておこうか」

影二郎がいい、下田街道湯ヶ野の里入り口で右左に別れたのだ。

秀信らは鵺に襲われたせいもあり、二番札所の弘道寺から三十四番の三養院の天城越えに数日を要していた。

初めて旅の恐ろしさ、不可解を知った秀信の合掌は熱心だった。

秀信が頭を垂れる寺は、韮山昌渓院を開山した笠仙宗僊によって開かれ、元々は千手院と呼ばれていたそうな。

寺の創立年代は定かではない。だが、笠仙宗僊が永正《えいしょう》八年（一五一一）に没しているところをみるとそれ以前、文亀年間か永正初年と推測された。

伊豆の八十八箇所の霊場の中では比較的開山が新しい。

豊臣秀吉は小田原城攻略に際して下田鵜島城を攻撃した。

当時の城主は北条家と交わりを持つ清水上野介康英であった。だが、豊臣軍は多勢で城を囲み、康英は秀吉旗下《きか》の武将脇坂、安国寺の二将の執拗な攻めに降伏した。

その折、康英の妻と倅、さらに家臣の能登寺正令は城を逃れて千手院に身を潜め、豊臣軍の追及を逃れた。

三人を匿ったという謂《いわ》れから三養院に寺号を改めたという。

影二郎はふと秀信の心経の声が消えているのに気付いた。

本堂前には、あかと秀信の草鞋だけが残されていた。

厠にでもいったか。

影二郎はその場に残れと命じられた風のあかに歩み寄った。

「父上はどこぞに参られたか」

あかの視線は庫裏《くり》に向けられた。

この寺でたれぞに会う約束がなされていたようで秀信は庫裏に赴いたようだ。

「あか、そなたも婆様と爺様の代参が板に付いたようだな」

影二郎の独り言にあかは視線を送り、その場に寝そべった。

影二郎は南蛮外衣を肩から下ろし、腰の法城寺佐常を抜いて外衣と一緒にして傍らに置き、自らも腰を下ろした。

刻限は五つ半（午前九時）時分か。長閑な里景色に影二郎もあかもつい眠気に誘われた。

「待たせたな」

秀信の声に影二郎が本堂の階段から立ち上がると、秀信が和尚と一緒に回廊に立っていた。

影二郎は和尚に向かい、思わず合掌した。

「さすがに江戸の三大道場桃井道場の鬼と呼ばれた倅どのかな、なかなか不敵な面魂じゃな」

と秀信が話したか、和尚が笑い、そう言った。

影二郎は本堂前に差し込む光の傾きで秀信と和尚か、あるいは三人目の人物との会談は一刻に及んだと判断した。

秀信が黙礼すると階段を下りて草鞋を履き直した。

「常磐様、三十五番札所の栖足寺《せいそくじ》はそう遠くございません。まずは順拝しながら下田へとお向かいなされ」

と和尚が遍路旅の先を告げた。

「和尚、世話になった」

草鞋の紐を結んだ秀信が金剛杖を突くと頭陀袋の鈴を、

りーん

と涼やかに一つ鳴らして遍路道に戻った。

影二郎も和尚に黙礼して秀信に従い、山門を出たところで念を押した。

「遍路に戻られますな」

「うーむ」

江戸を出た折の親子と犬一匹に戻った一行は河津川の流れにそってゆっくりと歩を進めた。

「父上、肉刺はどうですな」

「旅に慣れたこともあろうが杢助の治療と薬が効いたようだ。もはやなんともないわ」

「それはようございました」

初老の遍路と痩身の着流しの浪人の二人が犬を連れての霊場巡りとは、いささか異形《いぎょう》といえた。

行き合う旅人や里人が秀信の遍路姿に合掌しようとして影二郎とあかに気付き、しげしげと見た。

三養院を出てすぐの河津川で天城から下ってきた杉の美木が筏場《いかだば》に集められて筏師が仕事をしていた。

「天城峠は幕府の御用材の産地として有名であったな」

「御用材の山でございましたか」

「物の本によれば明暦の大火の後、天城の欅《けやき》一万六千本が伐り出されて江戸再建のために送り込まれたそうな。杉も檜《ひのき》も産するときいたが、なかなかの筏場じゃな」

秀信は足を止めて筏場を眺めていたが、

「瑛二郎、昨夕の湯の続きをそなたに話しておこう。どこまで話したかのう」

「松代《まつしろ》藩主にして老中・海防掛真田信濃守様が父上にそれがしと国定忠治が知り合いゆえ、父上を忠治の抑えとして筆頭大目付に推挙したというところまでにございます」

「おお、そうであったな」

秀信は三十五番札所に下りながら、

「瑛二郎、此度のわしの出世、喜んでばかりもおられぬ」

「いかにも」

「来春の日光社参に不測の事態が生じた折は道中奉行を兼帯する筆頭大目付は、老中方に代わり、真っ先に腹をかっ捌く職掌の一つよ」

「それを承知で引き受けなされましたか」

「瑛二郎、貧すれば鈍するの喩《たと》え、ただ今の幕府には有為《ゆうい》の人材がおられぬ。日光社参を強行したところで幕府の傾いた威信は元には戻らぬ。それでも幕府は社参に頼らざるをえない。無事に日光社参を終えたところで、水戸様方が申されるとおり、借財が増えるだけの仕儀に至ろう。だが、だれがお上に献策して日光社参を止められると申すか。だれ一人として死を覚悟で諫言《かんげん》する人材などおらぬ、わしを始めな」

「日光社参を中止し、その費用を海防に回されるのが幕府のお為と思われますか」

秀信の返答はすぐに戻ってこなかった。

「神君家康公頼みの日光社参より役には立とう。だが、こう国論が激しく対立する中で異国の脅威に対抗して国防に命をかけて推進なさるお方もおられぬ」

「水戸様も頼りになりませぬか」

「そなたゆえ忌憚ないわしの考えを述べるが、水戸様の進取の考えはよいが、なにしろ腹が据わっておられぬ。口舌の徒と申してよかろう、水戸様を今ひとつ頼りにできぬと周りは考えておられる」

影二郎も大塩平八郎の騒ぎの折、徳川斉昭がとった行動を承知していた。

水戸家は御三家のうちでも定府《じょうふ》だ。いつ何時でも江戸にあって忠言を申し上げるべき立場にあった。ゆえに世間では、

「天下の副将軍」

などと呼んだ。だが、斉昭は残念ながらその役目を全うする人物、器ではなかった。水

戸がしっかりとしておれば幕藩体制もこれほどがたがたに緩みはしなかったともいえた。

「日光社参に最後の期待をおかけになる水野様の天保の改革は人心を萎縮させるだけで不信を増殖させただけに終わっている。もはや手詰まりでな、どうにもならぬ」

秀信は水野忠邦に登用されて勘定奉行に就き、さらには大目付に昇進する道を歩いていた。

忠邦は秀信の後ろ盾であった。

一方、忠邦は天保の改革を遂行するにあたり蘭学嫌いの鳥居忠耀一派を重用して、高島秋帆らを弾圧していた。

秋帆は妖怪と恐れられる鳥居忠耀の手を逃れて長崎に舞い戻っていた。その手伝いを影二郎はしたばかりだ。

「父上、なんぞ手がございますので」

と影二郎は秀信の胸に溜まった考えを遠回しに訊いた。

「何度も申す。水野様が拘《こだわ》られる日光社参はなんの役にも立つまい。だが、われらは見逃すことにした」

秀信は、

「われら」

と仲間がいるような言葉遣いをした。

「その代わり、日光社参の仕度の背後で列強各国から国を守る同志を募り、初めての海防会議を持つことにした」

「父上、この遍路旅は極秘の海防会議参加を糊塗するためのものですか」

秀信が小さく頷いた。

「瑛二郎、江戸府内ではこのような集まりは妖怪奉行どのが張り巡らした網にかかるでな、伊豆の某所に決めたのだ」

「下田が集まりの地にございますか」

「いや、わしもそれぞれの参加者も未だどこが最終の集まりの地か知らぬ。次なる札所に参ればなんぞ新たな指令が届いておろう」

なかなかの用心ぶりといえた。

「お集まりの顔ぶれを父上は承知でございまするか」

「およその察しはついておる。だが、それも水野様、鳥居忠耀どのらの密偵を恐れて前もって互いに知らされてはおらぬ」

秀信らは河津川河口へと近付いて、伊豆半島の東海岸を熱海から延びてきた東浦道と天城越えの山道が合流した。

木橋の袂《たもと》にいた老婆が秀信に合掌すると、

「栖足寺は、ほれ、あそこだ」

と三十五番札所を指して教えてくれた。

「お婆、有り難う」

秀信が合掌を返した。

栖足寺の創立は元応《げんおう》元年（一三一九）、後醍醐天皇の御世と推測された。

開山は下総《しもうさ》佐倉藩主千葉勝政の第三子の覚照師であった。この覚照、二十歳の折に鎌倉建長寺に掛搭し、蘭渓道隆に九年にわたり随身した人物だ。

建立後、正平《しようへい》十八年（一三六三）、足利一族の兵乱に堂宇が焼失、慶長《けいちよう》八年（一六〇三）に八世龍翁によって再建されていた。

ここでも本堂に向かったのは秀信とあかだけだ。

最前札所を教えてくれた老婆が再び姿を見せて、

「おまえ様はお参りせぬのか」

と詰問するように尋ねた。

「真似てはみたが、それがしには似合わぬ」

「若いのう」

「次なる札所は遠いか」

「なんの遠いものか。三十六番札所の乗安寺《じょうあんじ》は数丁もいけば道端にあるぞ。小さな寺じゃ、見落とすな」

「相分かった」

老婆が影二郎の手に蜜柑《みかん》を二つ載せてくれた。

「これはおまえ様のお連れにじゃぞ」

「父上に確かにお渡し申す」

「なに、あの遍路様はそなたの親父どのか」

と応じた老婆が改めて影二郎の風体を爪先から頭まで見上げ、

「倅がこれでは親父どのが遍路旅に出る理由もおよそ察しがつこうというものじゃぞ」

と呟くと去っていった。

入れ替わりに秀信とあかが出てきた。

「父上、三十六番札所はさほど遠くないそうですぞ」

「和尚に聞いた」

秀信が影二郎の抱える蜜柑を見た。

「最前のお婆からの御接待です」

秀信は街道に向かって感謝の合掌をした。

乗安寺は東浦道の道端にあった。門前にみそはぎの淡い紅色が風で揺れていた。

「そなた、遍路は止めたか」

秀信が笑いかけた。

「先ほど蜜柑を喜捨《きしゃ》してくれたお婆に、若いのう、と一語の下に切って捨てられました。無頼の垢で五体の染まった影二郎にはちと無理かと思います」

「その分、父が心を込めてお参りしてこようか」

「あか、爺様、婆様の分に若菜のお参りも頼むぞ」

と言うと、あかを影二郎が送り出した。

一行は再び相模灘ぞいの道を上り下りする東浦道に戻った。三十六番札所の乗安寺から縄地集落にある三十七番札所の地福院《じふくいん》にはおよそ一里以上の道のりがあった。

影二郎は蜜柑の皮を剝き、秀信に供した。

「歩きながら食べるなぞ江戸では出来ぬな」

「これも遍路旅の楽しみにございますよ」

と笑った影二郎もひと袋を口に入れてみた、甘酸っぱい香が口の中で広がり、喉の渇きを抑えてくれた。

「美味しゅうございますな」

「海を見ながら蜜柑とは贅沢なものよ。わが女房どのが知られたら、目を丸くして大身旗本がなんということはしたない所業にございますか、と一喝されような」

と言いながら、鈴女を思い出したか、秀信が首を竦めて苦笑いした。

「養母上は屋敷暮らししか承知しておられませぬからな」

と応じた影二郎は、

「父上、屋敷にはなんと江戸不在を言い訳なされたのでございますな」

「極秘の御用旅ということにしてある。筆頭大目付就任には欠かせぬ街道巡察と申してあるで、機嫌よう承知してくれたわ」

「まさか遍路旅とは想像もつきますまいな」

「このような恰好で蜜柑を食べ食べ歩いておるとは夢想もしておるまい。そなたが申すように鈴女は屋敷の暮らしがすべての女じゃからな」

天城越えとは一転して長閑な天候の下での遍路旅だ。

一行の気持ちも晴れやかで足取りも軽やかだった。

秀信の頭陀袋に付けられた鈴の音も、
りんりんりん
涼やかだった。

「父上、下田の集まり、およそ何人と考えられますな」

「推量じゃが供は別にして十五、六人から二十人、ただ今の幕府を案じておられる人士ばかりだ」

「二十人は江戸ばかりとは言えぬのですな」

「摂津からも水戸からも、いや諸国からと申してよかろう。われら同様にそれぞれが鳥居どのの密偵に怪しまれぬように陸路海路と工夫した旅をして下田近郊に集合しておられるはずじゃ」

「日限はございますので」

「このような旅だ、不測の事態もおこるでな、集まりの日は三日ほどを予定してある」

「初日まではあと何日の余裕がございますので」

秀信が指を折って旅の道程を思い返し、さらに、頭の中で思案していたが、

「われら、余裕をもって下田入りをと考えておったが、あと二日しか残されておらぬ」

「遍路旅を続けても下田には悠々到着致しますぞ」

「同志には遠国から参られる人もある、道中で難儀しておられる方もおられような」

と秀信は仲間の旅を思いやった。

「父上、煙草売りの杢助はお味方の従者と考えてようございますか」

「あれほど下田街道に精通した密偵がおろうか」

「下田は海防上重要な拠点にございますればこの街道に詳しい密偵がいても不思議ではございますまい」

「となるとどなたの密偵かのう」

と秀信が首を捻り、

「そなたの言葉で思い出した。下田奉行稲垣甚左衛門は鳥居忠耀どのの腹心と申す」

「そんな場所で海防会議をなされるので」

「灯台下暗し、ともうすでな。もっとも下田で催すと決まったわけではないわ」

と秀信は歯牙にもかけていない様子を見せた。

二

東浦道、またの名を下田崖道と呼ばれたが半島の東海岸ぞいに曲がりくねり、上り下りする道が海を背にして山際に大きく入り込んだ。

山が燃え上がったように漆の葉で赤く染まっているのが見えた。

「おおっ、瑛二郎、なかなかの山景色ではないか。海の青から一転気持ちが揺さぶられるわ」

と遍路姿も板についた秀信が感嘆した。

「旅もよいものでございましょう」

「このような上天気なれば旅も楽しいわ。城中であれこれご政道をうんぬんするのが馬鹿げてみえる」

土橋で小縄地川を越えて、街道は一転海を目指して本根岬へと向かう。

三十七番札所の地福院は縄地の集落にあった。

寺の開山は定かではないが土地では平安時代と言い習わされ、当初は真言宗で寺号を金生院といった。

創立からしばらくして寺は廃《すた》れたが、慶長五年（一六〇〇）に禅林寺二世宣山宗随によって再興され、その折、真言宗から曹洞宗に宗旨替えして寺号も地福院と改名した。

この縄地集落、南豆第一の縄地金山として栄えた歴史をもつ。

慶長十年には大久保石見守長安《いわみのかみながやす》が金山奉行として採掘を指揮し、北豆の土肥、修善寺と並んで慶長大判、小判の地金採掘で繁栄した集落だそうな。

その当時、縄地には金山に群がる人々が入り込み、なんと戸数八千を数えたという。まさに寺号どおり、

「地福」

の地であったのだ。

その坑夫の大半が隠れキリシタンであったという。

秀信が下り坂の道すがらそのようなことを説明してくれたせいか、影二郎には遠くに見え隠れする縄地の集落が金を掘り尽くして寂れた廃村のように思えた。

度重なる災害で戸数数十に戻った村のなにか暗い運気が漂い見えた。だが、往時の歴史に想いを馳せる秀信は気付いていなかった。

「大久保長安どのは猿楽師から身を起こしてな、家康公の寵愛を得て石見銀山を治めて石見守に任官された人物とか。この縄地でも金山奉行として坑夫らに過酷極まる採掘を命じて、抵抗する者には容赦のない磔刑《たっけい》などを科して殺したというぞ」

影二郎は、寂れた縄地の集落に未だ咎人《とがにん》らの無念の思いが残っているせいで、秋の陽射しを浴びながらも暗く沈んでいるのかと考えた。

「大久保家は今も旗本家として幕府に仕えておられますか」

「いや、そうではない。大久保長安どの、坑夫の一部の者に命じて採掘させた金で私腹を肥やし、その不正が幕府に暴かれて石見守どのを始め、一族悉《ことごと》くが処刑された。一方、この金山の不正を監視し、坑夫として使われた隠れキリシタンらを仏教徒に改宗させた功績により地福院の開山に際して大応普光の禅師号が勅賜されたとも言い伝えられておる」

と影二郎に説明を加えた秀信の足が止まった。縄地の集落が見下ろせる道から合掌して般若心経を捧げ、

「あかつきはまだはるかなり地福院、なおもとなえよあびらうんけん」

とご詠歌を唱えた。

秀信一行は縄地の集落に入っていった。するとあかの尻尾の毛がふいに逆立ち、緊張の気配を見せた。

行く手に不穏な空気が漂っていた。

秀信の順拝しようという地福院の辺りに緊迫があった。

長閑な陽射しを浴びる集落もひっそりとして異様な緊張に包まれていた。

「なんぞ起こった様子にございますぞ、父上」

さすが秀信も異変に気付いていた。

熟柿がたわわに実る柿の枝が差しかける山門が見えた。

「どうなされます」

「遍路になんの差し障りがあろうか」

と秀信が答え、頭陀袋の鈴を鳴らして口の中で心経を短く唱えた。すると山門の陰から、
ふわり
と立ち現れた人影があった。

煙草売りの杢助だ。

「常磐様、この寺は素通りなされ」

「なにが起こった」

「下田奉行のお出張《でば》りにございます。わっしもすぐに皆様に追いつきます。その折事情を
ご説明申し上げます」

身ひとつの杢助は再び影二郎らの前から姿を消した。

秀信はその場に立ち、黙然《もくねん》と考えていたが地福院に向かって合掌した。

次なる三十八番札所の禅福寺《ぜんぷくじ》は白浜にあった。

縄地からの峠道を進んでいると後ろから、
かたかたかた

と煙草を入れた小引出しの取手が鳴る音がして杢助が追いついてきた。

影二郎は秀信を誘い、坂戸浜の松林へと道を外れた。むろん杢助から落ち着いて話を聞くためだ。

三人と一匹は海風が吹き抜け、松の老木が倒れて小さな空地を作る松林の真ん中で落ち合った。

杢助の額に汗がうっすらと光っていた。荷を下ろすと手拭で額の汗を拭った。

秀信が倒れた松に腰を下ろし、

「なにがあったのだ」

「へえっ」

と答えた杢助が息を整えるためか、考えを纏めるためかしばし間を持った。

「常磐様、浦賀奉行彦根次五郎様内与力《うちよりき》本郷新助様と供の二人が暗殺されて、その亡骸《なきがら》三体が地福院の敷地に投げ込まれていたのでございますよ」

「なに、浦賀奉行の彦根どのの内与力一行が災禍にあったか」

秀信の反応には浦賀奉行彦根を承知の様子が窺えた。

「どのような殺され方か」

影二郎が訊いた。

「それにございますよ、夏目様。鴟が喉元に喰らいついたようで血が吸い取られ、三人の恐怖を浮かべた顔も体も真っ白にございました」

杢助の様子には地福院でじかに目撃した様子があった。

「なんと同志に被害が出たか」

と思わず秀信が応じ、杢助も頷いた。

しばし松林を沈黙が支配した。

その沈黙を破ったのは影二郎だ。

「杢助、そろそろ正体を明かさぬか」

「へえっ」

と頷いた杢助が秀信の顔を窺い、

「常磐様、それがし、真田信濃守の家臣にございます」

と語調を改めた。

「おおっ、信濃守どののご家臣であったか。さもあらん、それなればそなたの行動もなんとのう頷ける」

「それがし、主の命にて下田に向かう途中、修善寺の渡しで常磐様、夏目様と偶然にも出会い、ご一緒に天城越えを経験することになりました」

秀信が首肯すると、

「鵺め、われらの動静を窺いつつ危害を加えんと致しおるか」

「伊豆にも鵺は棲んでおりますが、わっしどもを襲った鵺は別の鵺と思います。この鵺一派を雇った者がだれか、およその見当はついておりますがな」

と正体を明かした杢助が不敵にも言い放った。

「父上、浦賀奉行の彦根様は下田近辺の集まりの同志にございますな」

と念を押すと、

「いかにも」

と答えを返した。

「彦根どのは浦賀奉行を務めるうちに異国の船がいかに大型の上に自力航行が可能か、砲備も強力な火力を持っておるか身をもって経験され、一刻も早くわが国も海防に務めねば、清国のように滅びると考えるようになったと聞いておる」

と秀信が答えた。

「その一味が襲われましたか」

「常磐様を狙った鵺めら、夏目様に撃退されて襲う相手を変えましたかな」

「杢助、そなたの本名はなんと申す」

「夏目様、煙草売りの杢助でしばらくお付き合いのほど願います」

「そなたがそう申すなれば杢助でいこうか。父上を暗殺しそこなったで、彦根どのの内与力に狙いを変えたのではのうて、下田付近に集まる同志全員の殲滅《せんめつ》を狙ってのことではないか」

「そのように大それたことを」

「水野様の意を受けた妖怪鳥居忠耀なればそれくらいのことは考えよう」

「瑛二郎、われらの行く手に鳥居一派の刺客が現れるとそなたは申すか」

「父上、おそらく父上の行動は城を出たときから監視下にあったものと思えます」

「なんと」

と言葉に窮した秀信に、

「まさか御老中真田様は下田に微行なされますまいな」

「此度の集まりの呼びかけ人じゃが、老中の要職にあってはそうそう簡単に江戸を離れるわけにはいかぬ」

と秀信が言い、

「わが殿の代理として江戸家老の内膳蔵人《ないぜんくらんど》様、別行で講師の佐久間《さくま》象山《しょうざん》どの他が下田に先行なされておられます」

と杢助が言い足した。

「佐久間象山どのか」

影二郎は松代藩士の佐久間象山の名は承知していたが未だ顔を合わせたことはなかった。

開国派の一人として幕藩体制の海岸防備の脆弱に気付いた象山は、伊豆代官の江川太郎左衛門の門弟として西洋式砲術を学んでいた。それゆえ影二郎は佐久間象山の名を太郎左衛門や高島秋帆らから聞かされていた。

「父上、どうなされますな」

「先を急ごう。まず三十八番札所の禅福寺を目指そうか」

秀信はあくまで遍路旅に固執した。

「杢助、そなたは」

「お供させて下さいまし、夏目様」

影二郎が笈を背負い直し、杢助が背に荷を担いだ。

夕暮れ前、一行は禅福寺を経て、三十九番札所の須崎の西向山観音寺《かんのんじ》に到着していた。

観音寺にはご本尊として運慶作の十一面観音像が祀られてあった。

その昔、須崎の川上にあった真言宗の暘谷院を香雲寺九世大室宗樹が元和《げんな》元年（一六一五）に曹洞宗に改宗して観音寺と改めたものだ。

延享《えんきょう》四年（一七四七）に火災に遭い、影二郎らが訪ねた須崎半島の突端高台へと移されていた。

苔むした石段を上がり、影二郎は笈を、杢助は煙草の入った荷を下ろした。遍路姿の秀信だけが本堂の前へと進み、合掌した。

石段上から須崎湊や相模灘が見えた。

海はすでに茜色に染まり、日没が近いことを告げていた。夕焼け空を背景に芒《すすき》の白い穂の上を蜻蛉《とんぼ》の群れが飛んで旅情を誘った。

「杢助、四十番札所に向かうか」

影二郎は今後の予定を聞いた。

「常磐様も間違いなく玉泉寺《ぎょくせんじ》に次なる指令が置かれていることを承知で三十九番にお参りなされておりましょう。四十番札所までは今宵のうちに辿り着きとうございますな」

「どれほどの行程か」

「山道一里にございますが、岬の道東ゆえ下田崖道ほど険しくもございませぬ、あと半刻の辛抱にございます」

影二郎は秀信を見た。

心経を唱えているのか肩が小さく揺れていた。影二郎は江戸を出るときは真っ白だった秀信の首筋が真っ赤に焼けているのを見た。

「常磐様は此度の集まりの成功を祈願しておられるのでございますよ」

と杢助が言い、さらに語を継いだ。

「だれもが清国の二の舞だけは御免と思うておられます。それだけに命を賭《と》しての集まりにございますからな」

影二郎は杢助に思い掛けないことを指摘され、秀信の決心を改めて思い知らされた。

「ありがたやわが名をとなう寺なれば
やみは須崎の泡と消えなん」

秀信のご詠歌が鈴の音と一緒に山門下まで流れてきた。

山門から本堂前まで十間余の小さな寺だ。

短い参道上を秋茜《あきあかね》一匹が舞い飛んでいた。

ふわっ
と妖気が漂った。

影二郎の手が一文字笠の竹骨に差しこまれた珊瑚玉を摑んだ。

本堂の床下から黒雲が巻き起こり、合掌する秀信の背に迫った。

影二郎の手から珊瑚玉が飾りの両刃の簪が投げ打たれ、黒雲のど真ん中に突き立った。

「ききさっ!」

奇声が響き渡り、黒雲が霧散すると参道に鵺が転がり落ちた。その老猿の皺寄った顔の眉間《みけん》に簪が突き立っていた。

あかが走り、影二郎も駆けた。

のたうつ鵺の尻尾の蛇が多頭を擡《もた》げてうごめいた。

あかが飛びかかろうとした。

老猿の口がすぼめられたのを見た影二郎が、

「あか、下がっておれ!」

と厳しく命じ、あかが横っ飛びに素早く逃れた。

肩の南蛮外衣が影二郎の手で引き抜かれ、黒羅紗が虚空に広がった。

鵺の口から異臭を放つ液体が飛んだ。

影二郎が天城峠で二日二晩苦しんだ液体だ。だが、広げられた南蛮外衣で叩き落とされ、さらに銀玉が戦《そよ》いで鵺の顔面を強打した。

くえっ
悶絶する声がして、鵺の体が見る見る縮こまり、どろりとした液体と化して消えていった。

液体の中に珊瑚玉の簪が転がっていた。

李助が、

「ちょいとお待ちを」

と呼びかけると観音寺の手水場《ちょうずば》から竹柄杓で清水を汲んできて珊瑚玉の簪に振り掛けた。

するとぬめりとした液体が消えていき、簪だけが石畳に転がっていた。

「出おったな」

秀信が合掌した姿のまま影二郎らを振り返っていった。

「此度の集まりを阻止するのが鳥居一派の狙いなれば幾度となく攻撃の手を加えてきましような」

下田湾の向こう、田牛《とうじ》の山の端《は》に、

すとん

と日が落ちた。すると辺りが急に暗くなった。

「父上、玉泉寺まで参られるのですな」

「いかにも本日の予定は次なる四十番札所じゃぞ」

一行は観音寺の山門を出ると須崎漁港をあとに東浦道に戻ろうとした。

玉泉寺は下田外れの柿崎の浜にあった。

「父上、足は大丈夫でございますか」

「瑛二郎、案ずるな。それがしには杢助と申す強い味方が付いておるでな。それよりいささか腹が減ったな」

「そう申せば蜜柑が昼餉代わりにございましたな。腹も減りましょうが、玉泉寺でのお参りを済まされたほうが、気分もよく夕餉が美味しく頂戴できましょうぞ」

「致し方ないな」

「空腹を感じられるのは父上の体が健やかな証拠にございます、これも弘法大師の功徳にございますぞ」

「いかにもさようかな」

一行は川上、蜂山と進み、爪木崎《つめきざき》との辻で道を左手にとった。

濁った残照が闇に変わろうとする寸前、古は真言宗の草庵であった海上山玉泉寺の山門下に到着した。

影二郎らが到着した時から十四年後の安政《あんせい》三年（一八五六）八月、タウンゼント・ハリスが、通訳官のヒュースケンらと一緒に下田湊に入り、九月にはわが国初の亜米利加《アメリカ》総領事館が玉泉寺に開設される。

だが、影二郎一行は未だ歴史の激変を予測することもなく、石段を疲れた足で登った。

すると本堂の回廊に行灯《あんどん》を点して和尚が独り座していた。

三

玉泉寺の草創は不明だが天正年間（一五七三〜九二）以前は真言宗の草庵であったとか。

天正年間の初めに一嶺俊英が訪れ、曹洞宗に改宗した。

最初の堂宇は四世心応三悦の発願で名主の稲葉九衛門が寄進して元禄《げんろく》十二年（一六九九）山上の土地に建てられ、海上山玉泉寺と称した。

その後、天保六年に十九世大陵道眉が二十両を投じて柿崎浜近くに移転改築を志したが、その半ばで遷化《せんげ》したため、遺弟の二十世翠岩眉毛がその志を継ぐことになる。

完成を見たのは嘉永《かえい》元年（一八四八）三月四日のことだ。

物語の五年後のことだ。

ゆえに常磐秀信ら一行を待ち受けていたのは海上山玉泉寺の二十世翠岩眉毛和尚ということになる。

いつものように遍路姿の秀信とあかのみが山門から本堂へと進み、影二郎と杢助は山門前で待ち受けた。

秀信が翠岩眉毛和尚に会釈すると本堂に向かい合掌して心経を唱えた。

その後、何事か和尚と会話を交わした秀信が山門下の二人を本堂へ手招きした。

影二郎と杢助が本堂に行くと、

「和尚、倅の瑛二郎と真田様の家臣の杢助にござる」

と影二郎らを和尚に紹介した。

「大目付常磐様の倅どのは江都《こうと》に名を轟《とどろ》かす剣術の達人と江川太郎左衛門どのにお聞きしたが、なかなか不敵な面魂かな」

と翠岩眉毛和尚が呟いた。

「瑛二郎、此度の集まり、この四十番札所の玉泉寺で最終的にはどこに集まるか告げられる手筈であった。だが、われらを省いて数組の参加者が未だ姿を見せぬそうな」

秀信が心配げに説明した。

影二郎は鵺に襲われて死んだ浦賀奉行内与力本郷新助一行三人の悲惨な姿を思い描いた。

「常磐様、鵺らの仕業にございましょうか」

杢助が訊いた。

「和尚の元には不幸の知らせが、われらが目撃した浦賀奉行支配下の内与力らの奇禍を含めて三つ届いているそうな」

秀信が険しい顔で答えた。

「くそっ！」

杢助が吐き捨てた。

玉泉寺の和尚もまた下田海防会議の一員と推測された。

「父上、今宵はどうなされますな」

「和尚の好意で玉泉寺の宿坊に泊まらせてもらうことになった」

「それは有り難きお申し出にございます。和尚、父の足を思うとこれからの下田行きはちと過酷かなと思うておりました」

「夏目様、今宵にも一組二組姿を見せてくれぬかと海にも山道にも人を出してございます。夏目様のお力を借りるような事態が起こらぬとも限りませぬ、その折のための引き止めにございますよ」

と翠岩和尚が不敵に笑った。

「何時なりとお呼びくだされ」

「心強いお味方の到来かな」

和尚がぽんぽんと手を打つと庭に小僧が姿を見せて、

「宿坊にご案内申し上げます」

と案内に立った。

「和尚、われら犬まで連れておる、相すまぬことである」

秀信が詫びると、

「お伊勢参りは犬も参ると申します。笈摺を着込んだ代参の犬を粗末にできましょうか、常磐様」

と和尚があかの世話も請合った。

「お客様、浜近くのお寺が出来上がっていたら、立派な宿坊にお泊めできたのですが、湯も外湯です。まずそちらに案内申します」

と小僧が案内したのは五右衛門風呂に簡単な板屋根が差しかけられた風呂場だった。それでも洗い場と脱衣場があった。

「常磐の殿様がまずお入り下さい」

と杢助が気を利かせ、小僧が、

「洗い場でお一人が体を洗って順繰りに湯に入って下さいな」

と指示した。小僧は連日海防会議の客を寺に迎えて応対には慣れている様子であった。

「父上、お先に」

影二郎の言葉に秀信が、

「そなたらの好意頂戴しようか」

と五右衛門風呂の火の具合を確かめようとする小僧に合掌して感謝した。

小僧も慌てて秀信に合掌を返し、秀信が遍路衣装を脱ぎ捨てた。

影二郎は背負った笈から秀信と自分の下帯と浴衣を取り出して脱衣場に置いた。

「瑛二郎、なんとも風流かな」

洗い場で湯を被った秀信は折から海に上がる月と山の斜面に白く光る芒《すすき》の穂を眺めて嘆声を上げた。

「中秋の名月にはちと早うございますが、海に上がる上弦の月もよいものです」

「絶景にございますな。旅に出るとこれがあるから堪りませんな」

影二郎と杢助が言い合い、影二郎も着流しの衣服を脱ぎ捨てると洗い場に上がった。

「父上、背中を流しましょう」

「頼もうか」

影二郎は首筋から顎にかけて日焼けした秀信の体に湯をかけて糠《ぬか》袋で丁寧に擦《こす》り上げた。

「極楽じゃぞ、瑛二郎」

「母上が天上からご覧になって笑っておられましょうな」

「みつがおればわれらの遍路旅大いに喜んだことであろうな」

影二郎は背から丁寧に足先まで秀信の体を擦り清めた。

「父上は五右衛門風呂にお入りなったことがございますか」

「わが実家は貧乏旗本とは申せ、屋敷は一応木の風呂があった。だがな、幼き時に上総《かずさ》の領地にいかされた折、何度か浸かったことがある」

「ならばこつは承知にございますな、風呂釜をじかに触ると火傷致します。気をつけて底板に乗られて湯にお浸かり下さい」

「そう致そうか」

と秀信がそろりと底板に足を乗せて湯に身を浸し、

「瑛二郎、湯から眺める月光の海と芒の山は一段と風流じゃぞ」

と感嘆した。

秋の虫が集《すだ》き、野趣に満ちた野天の湯だ。

新しい下帯と浴衣に着替えた秀信を一足先に小僧が宿坊に案内していき、風呂場に影二郎と杢助とあかが残された。

「今度は私が夏目様の背中を流させてくだせえ」

「そなたは老中真田様のご家来であったな。他家のご家臣にそのようなことがさせられようか」

「夏目様、私は煙草売りの杢助にございますよ。だれに遠慮が要りましょうか」

「ならば交代で背中を擦り合うか」

杢助が影二郎の背に回り、糠袋を当てた。

「夏目様、御父上様との遍路旅、羨《うらや》ましいかぎりにございます。大身旗本の父子がかような道中をすることなどまずありませんからな」

「杢助、申したぞ。おれは妾腹の上に町屋育ちだ、かた苦しい武家の仕来《しきた》りも作法も関わりないからな。気の向くままに無頼に生きてきた、それが父とかような旅をさせたともいえる」

「無頼の夏目影二郎様のお力に杓子定規に生きてきた幕府が頼っておられる。幕藩体制も二百数十年を経て、なにやら武家の本分も気風をすっかり忘れて腰抜け侍に落ちました」

「致し方あるまい。鎖国政策の中でわれら巨大な軍事力を備えた外敵を想定することなく生きてきたのだからな」

「いかにもさようにございます」

二人は交替で背を流し合い、湯に浸かった。それをあかが見ていた。

「鵺め、下田にお集まりのお味方を次々に襲うておるようですな。これ以上、犠牲を増やしたくないものです」

「いかにもさよう」

「なんぞ工夫が要りましょうな」

「鵺一味め、次に遭うなれば容赦はせぬ」

「夏目様、鵺一味も次は総力戦を挑んで参りますぞ」

「下田の集まりの全員を殲滅するつもりと申すか」

「はい」

「さようなことを断じて許してはならぬ」

影二郎が決意を語り、杢助が頷いた。

庫裏に案内されるとすでに囲炉裏の自在鉤に土鍋がかかり、磯の香が炉辺に漂い、秀信が二人を待ち兼ねていた。

「父上、昼餉抜きで腹も空かれたことでございましょう」

「瑛二郎、杢助、和尚の好意で酒もあるぞ」

小僧が燗徳利を運んできて、

「同行のあかにもえさを与えます。飯に煮魚の残りを塗《まぶ》したものですがよろしいですね」

と影二郎に許しを得た。

「小僧さん、犬の世話までさせて相すまぬな。うちのじじ様とばば様の代参で伊豆八十八箇所の霊場巡りをしておるのだ」

「ならばお接待をうけて当然ですよ」

と小僧が燗徳利と酒器を炉辺に置いた。

「父上、お待たせ致しましたな」

影二郎が秀信に盃を持たせて酒を注ぎ、さらに杢助の酒器も満たそうとした。

「夏目様、わっしが」

「ついでと申しては礼儀に欠けようが一蓮托生の運命のわれらだ。もはや儀礼はあるまい」

杢助が首肯し、

「頂戴致します」

最後に杢助が影二郎の盃を満たし、

「一日ご苦労であった」

という秀信の言葉に二人が会釈を返し、酒を口に含んだ。

「ふううっ、己の足で旅をした後、呑む酒は堪《こた》えられぬな。これ以上のものがあろうか」

と満足そうに秀信が洩らした。

「常磐の殿様、わっしからも一つ」

杢助が秀信の盃に新しい酒を注いだ。

小僧が土間に寝床を与えられたあかにえさを運んでいった。

あかが板の間の影二郎を見上げた。

「あか、小僧さんに礼を申して頂戴せえ」

という影二郎の命にあかが、
うわんわん
と小僧に甘えるように吠え、縁の欠けた丼に口を突っ込んだ。

自在鉤の鍋がぐつぐつと音を立てて、三人の食欲を誘った。

「小僧さん、須崎名物いけんだ煮みそじゃな、もう仕上がってるように思えるが蓋をとってよいか」

杢助が小僧に願った。

「お客人は須崎の名物ご存じで」

「おうさ、知らいでか。煙草売りの杢助様は伊豆の浜から浜を承知ゆえな。だが、これほどの漁師鍋は他にはないな」

小僧が土間からごそごそと上がってきて、

「よう申されました。須崎名物のいけんだ煮みそ、お注ぎします」

と蓋をとった。すると浜で採れた金目を始め、鮑、さらには秋野菜が鍋の中で躍って実に美味そうだ。

「これはなんとも豪快にして贅沢な」

小僧が秀信のお椀にあつあつのいけんだ煮みそをたっぷりと注ぎ分け、

「お武家様、うちでは好みで七味や山椒を振りかけます」

と差し出した。

秀信はここでも合掌して一椀の馳走に感謝した。

三人は酒を飲みながらいけんだ煮みそを競い合うようにして食べた。秀信も影二郎が驚いたことに三杯もお代わりした。

「父上、腹も身のうちですぞ」

「と最前から考えておるが、なかなか箸が止まらぬ。そなたがあちらこちらと旅をする気持ちも分からぬではない」

「父上、お言葉ですがそれがし、おのれの意志で旅をしたことなど滅多にございませぬ」

「杢助と同じように御用旅と申すか」

互いの正体が分かったせいで秀信の口も軽かった。苦笑いした影二郎が、

「父上の御用で江戸を離れただけにございます」

「夏目様、御用旅でお父上様に孝行が尽くせるなんてうらやましい限りにございますよ。わっしの旅とはだいぶ違います」

杢助が会話に加わった。陽光に焼けた隠密の顔が酒といけんだ煮みそで赤く染まっていた。

「父上、ちと行儀が悪うございますがお許しくだされ」

影二郎は最後に飯にいけんだ煮みその汁をぶっかけて大根の古漬けで食した。

「美味そうじゃな」

「父上も食されませぬか」

「江戸に帰った後に尾を引きそうでちと怖いわ、止めておこう」

影二郎を真似たのは杢助だった。

「ふうっ、満腹しましたな」

と杢助が満足げな顔をしたとき、影二郎が秀信に聞いた。

「明日は下田に参られますな」

「行く」

と顔を引き締めた秀信が言下に答え、

「だが、下田はやはり鳥居一派の手勢がだいぶ入り込んでおるとの和尚の言葉ゆえわれらが集まりは下田を避ける」

影二郎はどことは聞かなかった。その代わり、

「承知致しました」

と答えただけだった。

「常磐様、夏目様、わっしは明朝皆様より一足先に寺を出ます」

「好きに致せ」

影二郎の返答に、

「つれのうございますね、夏目様」

「どうせどこぞで落ち合うわれらであろうが」

「いかさまさようにございますな」

と李助が苦笑いしたとき、小僧が庫裏に飛び込んできた。

「佐野橋《さのはし》様はおられますか」

「佐野橋とな」

影二郎の視線が李助にいった。

「小僧さん、わっしが佐野橋だ」

「お仲間が本堂前にみえておられます」

「参る」

と侍言葉で立ち上がった杢助に小僧が、

「お仲間は怪我をなされておられます」

と言い足した。

「おれも行く」

影二郎が立ち上がった。

本堂下では和尚の翠岩眉毛が柄杓の水を荒く弾む息の武家に差し出して飲ませていた。

「小野寺」

杢助が呼びかけた。

「佐野橋忠三郎、刑部《おさかべ》鵺女一統に襲われた」

と水を飲んでいた武士が叫んだ。

「どこか」

「この近くの辻だ。ご家老の命でそれがしが助勢を求めに玉泉寺に駆け付けたのだ」

「案内できるか、小野寺」

「体が燃えるように熱いが大丈夫だ」

影二郎は天城の鵺が出たと思った。

「参ろうぞ」

佐野橋忠三郎と呼ばれた杢助が本堂回廊から飛び降りた。

「杢助、仲間の傷を手水場の清水で洗い清めよ」

影二郎の指摘に杢助が小野寺を手水場に連れて行き、鵺が口から放った液体を洗い清めた。洗われながら小野寺が、

「味方はおらぬのか」

と苛立つように言った。

「安心せえ、強いお味方が同道してくださるわ」

小野寺がちらりと影二郎に目をやった。

「熱が引いたようだ、案内致す」

小野寺が手水場からよろよろと立ち上がり、走り出した。

影二郎は回廊にあった行灯と油壺を手にして、

「和尚、お借り申す」

と叫んだ。

四

「小野寺どの、刑部鴉女と申されたがそなたはあやつの正体を承知か」

と山門を出たところで影二郎が訊いた。

「おおっ、小野寺甚内、そなたに紹介しておこうか。かつて鏡新明智流の桃井春蔵道場でアサリ河岸の鬼と呼ばれた夏目影二郎様だ。御父上は大目付常磐豊後守様である」

「このお方が夏目様か」

名を承知か、上気した顔で小野寺が影二郎に会釈すると説明を始めた。

「鴉女は京都御所の鬼門の猿ヶ辻と申す築地塀に千年を超えて棲む老女の妖怪、刑部鴉女が率いる一味にございますよ。それを南町奉行鳥居忠耀様が江戸へお呼びになり、此度の下田の集まりの者の殲滅に利用されておられるとわが探索方が調べ上げて参りました。わが殿の代理として参加の江戸家老内膳蔵人様はなんとしてもこのことを一同に伝えんと船便にて須崎湊に入り、夜道を駆けて玉泉寺に向かうところを襲われましてございます」

「ご家老は大丈夫であろうか」

「船を下りるとき、ご家老らは全身に般若心経の経文を書き込んでおられるそうな。刑部鵺女らはご家老らの経文があるかぎりすぐには攻められぬと聞いております」

「そなたはなぜ経文を書かなかったか」

「夏目様、それがし東浦道を単騎別行して須崎湊にご家老の船を出迎えたゆえ、そのようなことは知りませんでしたし、ご家老一行と合流してからは事情を聞かされることに時を費やし、それがしの身を護《まも》る算段をする余裕がございませんでした」

「真田様の代役ご家老どのが最後に到着した参加者かのう」

影二郎の質問に小野寺が、

「ご家老らは鳥居一派が放った鵺女について江戸で探索方をあちらこちらに放ち、調べておりましたゆえ江戸出立が遅れたそうです。そのおかげで経文が鵺を近づけぬ一番の策と知ることができたのでございます。内膳蔵人様らは江戸からの早船で須崎湊に乗りつけられましたが、おそらく最後の参加者かと思われます」

鵺に襲われた小野寺は再び高熱を発したか、呂律が廻らなくなっていた。

「小野寺、しっかり致せ」

「うーむ」

と答えた小野寺の足取りが怪しくなったとき、闇を伝って般若心経を唱える声が響いてきた。

「まかはんにゃはらみたしんぎょう、はんにゃはらみたしんぎょう、しんぎょう」

その声には必死の思いが込められていた。

須崎浜と弓ヶ浜に分岐する辻の周りに暗雲が渦巻いているのが影二郎に見えた。

影二郎が下げてきた行灯の明かりに刑部鵺女が率いる鵺らが気付き、黒雲の中からこちらを凝視した様子があった。

くえぇっ
黒雲の中から鵺の怪しげな鳴き声が響いた。

「勝手は許さぬ！」

影二郎は怒りを込めた怒声とともに手にしていた行灯と油壺を一緒に辻に向かって投げた。

一瞬、黒雲が掻き消え、燃え上がった行灯の明かりに辺りが、
ぱあっ
と明るくなった。すると辻の一角にある野地蔵の前に数人の従者が一塊になって般若心経を必死に唱えていた。その白衣にも笈摺にも手甲脚絆から出た肌にも経典の文字が書き込んであった。

それが鵺の攻撃からなんとか護っていた。

行灯が辻の真ん中に転がり、その上に油壺が落ちて壺が割れ、さらに勢いよく火の手が上がった。

ぬめり

とした鵺らの気配が辻から遠のいた。

「刑部鵺女はおるか」

影二郎が言い放つと腰の一剣法城寺佐常を抜き放ち、辻の真ん中へ、燃え上る炎に歩み寄った。

南北朝期の刀鍛冶佐常が大薙刀を鍛造し、後年、刃渡り二尺五寸三分の刀に鍛ち変えた反りの強い豪剣が鵺らを牽制した。

「夏目影二郎とか申す無頼者、そなたの喉元に刑部鵺女が喰らいつき、たっぷりとそなたの生き血を吸い尽くしましょうぞ」

怪鳥の鵺、ざらざらとした声が言い放ち、炎が消えんとする辻に一陣の風が吹いた。すると辻の上空に、一際巨大な鵺が浮かんだ。それは老いた女猿の面に胴は狸、手足は虎、尾は多頭の蛇がうごめく姿の刑部鵺女で影二郎に向かって叫ぶと虚空高く舞い上がり、さらに手下の鵺の群れが続いて妖しげな気配が、

すうっ

と辻から消えていった。

影二郎は一統が完全に消え去るまで先反佐常を右手一本に翳《かざ》して屹立していた。

般若心経の声が止んだ。

「内膳蔵人様、怪我はござらぬか」

影二郎の声に野地蔵の前に固まっていた白衣の遍路集団が解けた。するとその真ん中から初老の遍路が姿を見せた。

「どなたか存ぜぬが危ういところをお助け頂き、感謝の言葉もござらぬ」

内膳蔵人の声に李助、いや、佐野橋忠三郎が、

「ご家老、ご無事で」

と辻に駆け込んでくると一同の前に膝を突き、

「このお方は大目付常磐様のご次男夏目影二郎様にございますぞ」

「おおっ、そなたが夏目どのか。心強いお味方と知り合うたな、佐野橋」

と内膳がほっとした声を洩らした。

「われら、一足先に玉泉寺に入りました。常磐様もおられます」

と佐野橋が告げた。

辻から影二郎が投げた行灯の炎が掻き消えようとしていた。

「再び闇に落ちますと鵺が戻ってこぬとも限りませぬ。まずは玉泉寺に移りましょうぞ、ご家老」

佐野橋忠三郎が提案し、

「小野寺は鵺が放った液体を受けて高熱を発し、意識を失うてございます。それがしが背負うて寺まで参ります」

と言った。

影二郎は辻の端に寝そべる小野寺の症状が天城峠の影二郎自身のそれと似通っていることに気付かされた。

「待て」

と内膳蔵人が自らの経典を記した笈摺を脱いで小野寺の熱に震える体に被せた。佐野橋が負ぶうのを影二郎が手伝い、

「いざ、こちらへ」

と自ら道案内に立った。

「お願い仕《つかまつ》る」

内膳の家臣の一人が影二郎に頭を下げた。顔にも手足にも経文を細かく描き込んだ姿は鵺以上に異容な姿だった。だが、これが鵺女らに対抗できる数少ない手段とあれば致し方

もあるまいと影二郎は思った。

老中真田幸貫の代役、江戸家老の内膳蔵人一行を新たに迎えた玉泉寺では再び慌しいことになった。

改めて風呂がたてられ、家来たちは井戸端で経文を洗い流した。

その間に庫裏では遅い夕餉の仕度が始まり、影二郎は高熱を発してうわ言を呟き続ける小野寺の全身を冷水で固く絞った手拭で冷やした。

どれほどの刻限が過ぎたか。

常磐秀信と内膳蔵人の対面の場に影二郎は呼ばれた。影二郎が宿坊の廊下を歩いていくと内膳の声が、

「常磐様、倅どのが駆けつけられてわれら一同命拾い致した。礼を申し上げる」

と廊下まで響いてきた。

「父上、お呼びにございますか」

「瑛二郎か、入れ」

障子を開くと座敷で二人が対面していた。湯に入り、全身の般若心経を洗い流した内膳はさっぱりとした顔で盃を手にしていた。

秀信が言った。

「緊張を解《ほぐ》すには酒が一番かと思い、和尚に頼んで般若湯《はんにゃとう》を頂戴した」

影二郎は頷くと、

「お役目ご苦労に存じます」

と内膳に改めて挨拶した。

「夏目どの、江戸にてそなたの武名はかねがね耳にしておったが実によきところで出会うたものよ。地獄に仏とはこのことでござろう。厚くお礼を申す」

「内膳様、それがし、父の気紛れ遍路に伊豆くんだりまで連れ出されたのです。まさかかような騒ぎに巻き込まれようとは夢想もしませんでした」

と苦笑いした。

「常磐様には申し上げたが実に頼りになる倅どのをお持ちで羨ましきかぎりかな」

と言う内膳に、

「なんのなんの、棒振りがちいとばかり巧みなだけの倅にございます」

と秀信がどこか得意げに応じたものだ。

「瑛二郎、明朝じゃが内膳様ご一行と一緒に下田を迂回して先に進む」

「集まりの場は下田ではございませんので」

「妖怪奉行の鳥居どのの手先が下田には数多入り込み、下田奉行と一緒になって、われらの到着を手薬煉《てぐすね》引いて待ちうけているそうな。集まりの場は五十八番札所の正眼寺《しょうげんじ》か、五十九番札所の海蔵寺《かいぞうじ》のどちらかになろうと思う」

海防会議の場は未だはっきりと決定されてなかった。それだけ鳥居一味の追及が厳しいということであろう。

「お供致します」

「なんとも心強いことよ」

内膳は心から安堵した表情を見せた。そこへ、

「ご家老」

と障子の向こうに佐野橋忠三郎の声がした。

「入れ」

内膳の声に障子が開かれ、秀信と影二郎が、

「煙草売りの杢助」

として付き合ってきた佐野橋忠三郎が、

「小野寺の容態芳しくございませぬ。鵺に襲われて口から吐き出す唾ごときものを投げ付けられますと数日高熱を発して身動きとれませぬ」

「佐野橋、なんぞ薬はないか」

「われら天城越えで鵺に襲われ、夏目様が二日二晩高熱に見舞われて意識を失われてございます。夏目様ほどの剛の方でも数日は身動きできぬほどの打撃を受けまする。小野寺がわれらと行動をともにするのは無理かと存じます。玉泉寺に預けようかと考えましたが、この件いかがにございますか」

「和尚にそう願うてみよ」

「ならば翠岩和尚にお願い致します」

と佐野橋が消えた。

老中・海防掛の真田幸貫は此度の海防会議に一命と松代藩を賭したように佐久間象山を講師とし、さらに江戸家老の内膳蔵人まで代理として送り込んできた。この会議に賭ける海防掛の真田幸貫の熱い意気込みが伝わってきた。

「もはや大半の出席者は下田の先に歩を進めてござろうな」

「内膳どの、われらが知るかぎり浦賀奉行の彦根次五郎どのの代理、内与力本郷一行を始め、数組が鳥居の雇われた刑部鵺女一統に襲われ、帰らぬ人になっておる。集まりはだいぶ人が欠けそうな気が致す。どうしたものかのう」

秀信の危惧の声が答えた。

「父上、先々のことを案じても致し方ございますまい。明日も早い出立となりましょうし、どうやら山場を迎えそうな気配にございます。少しでも体を休ませることが肝心にございますぞ」

と影二郎は明日からの旅を気にした。

「もはや夜明けまでに二刻半しかござらぬな」

内膳蔵人の声は疲れが滲んでいた。

江戸から船便で須崎湊に到着し、鵺女一統に襲われたのだ。この数日、ゆっくりと休める暇はなかったと思えた。

「正眼寺にしろ海蔵寺にしろ伊豆の最南端で山道十里はたっぷりござろう。内膳どの、少しでも横になられませ」

と秀信が内膳に声をかけ、年上の二人が寝所に定められた宿坊に引き下がった。

影二郎は明かりの未だ点る庫裏にいった。庫裏に接した板の間に小野寺が唸りながら寝ていた。顔には赤い発疹《はっしん》が出来て、その場に従っていた佐野橋忠三郎が付き添っていた。

「小野寺は当寺に預かって頂くことになりました」

「それは重畳」

「この発疹は天城峠で夏目様の全身に出たものと同じにございますよ」

「二、三日は続こうな」

と言いかけた影二郎が、

「煙草売りの杢助、佐野橋忠三郎どの、どちらで呼べばよい」

「夏目様、わっしは修善寺の渡し船で出会うたときから煙草売りが本業の杢助にございました。出来ることなれば、そのまま杢助でお付き合い願えませぬか」

「そなたがそう望むなればそう致そうか」

と答えた影二郎は、

「明日からの旅だが、もはや鳥居一派に騙しは利くまい。下田奉行が鳥居忠燿の手下となれば地の利もあちらに有利、なんぞ工夫して旅せねばなるまい」

庫裏の囲炉裏端に二人しかいなかった。

「それがしには五十八番札所と五十九番札所のある場所が判然とせぬ」

影二郎の言葉に杢助が火箸を摑み、伊豆半島南端の絵地図を灰に描いた。

「われらがただ今おる玉泉寺は下田湾の東の柿崎浜、ここにございます。下田湊はここからおよそ一里西に向かったこの地です。正眼寺はさらに半島の最南端石廊崎《いろうざき》下の長津呂《ながつろ》に、海蔵寺は石廊崎を回り、駿河湾に入った入間《いるま》にございます」

と説明を加えながら、杢助が絵地図に集まりの行われる札所の位置を影二郎に指し示した。

影二郎はしばし思案した。

「父上の足もいささか頼りないが、内膳蔵人様とて健脚というご様子ではござるまい。この二人をお守りして鳥居一派に襲われながら集会の場に赴くのは大変じゃな」

「いかにも至難のことにございます。またもはや残された時間はさほどございませぬ」

影二郎は再び杢助の手描きの絵地図に見入った。

「内膳様らが乗船してこられた船はどうしておるな」

「今晩は須崎湊に停泊し、明日には江戸に戻ることになろうかと思います」

「その船、当分借り受けられぬか」

「どうお使いなされますな」

「われらが徒歩で行くにしろなんにしろ船を浜伝いに同道させぬか。なにが起こっても船を避難所として使えるのは便利であろう」

「それは一案にございますな」

としばし思案した杢助が、

「ご家老には内々でそれがしが船の連中に掛け合って参ります」

と立ち上がろうとした。

「杢助、そなたは小野寺どのの介護にこの場に残れ。また鴟女一味が網を張っていないともかぎらぬでな。それがしが参ろう」

「夏目様が」

「船の船頭に一筆認《したた》めてくれぬか、杢助」

しばし考えた杢助が、

「そう願えますか」

と影二郎の考えを受け入れ、腰の矢立を出すと船頭宛の文を書き出した。

南蛮外衣に一文字笠の影二郎が玉泉寺の山門をひっそりと出ようとすると、あかが従ってきた。

「そなたも夜の散歩に付き合うというか」

影二郎とあかの主従は今や何度か通った山道を須崎湊に向かい、早足に歩いていった。

月光が主従の姿を山道に照らし出し、最前内膳蔵人らが刑部鵺女一統に襲われた辻に差しかかった。

影二郎の足が止まった。

あかも訝しい表情で頻りに辺りを窺っている。

主従は何者かによって囲まれていた。

あかが月光に向かって吠えた。

うおおん

甘えるような鳴き声だった。

「間に合ったか」

という影二郎の呟きが洩れ、闇から影が浮かび出た。

第五話　妖怪とカノン砲

一

翌未明、玉泉寺から遍路姿の一行十数人が姿を見せて一匹の犬に導かれるように下田崖道に出ると下田湊を迂回して夜露の残る山道に入っていった。

一行の遍路姿に一人だけ法衣の人物が混じっていた。玉泉寺二十世翠岩眉毛和尚の托鉢姿だろうか。

下田湊の西外れの山道に差しかかったとき、陸遍路一行を江戸から派遣されていた南町奉行鳥居忠耀と下田奉行の役人らで編成された捕り方数十人が間を置いて尾行に入った。

捕り方一行には十数挺の鉄砲隊が同行していた。

朝の間に大賀茂川を渡った遍路一行は、昼前に銭瓶川に差しかかろうとして足を止めた。

峠を越えれば下賀茂地域へと入り、青野川を下って河口に下りれば弓ヶ浜に到着する。陸遍路一行は峠に立ち、心経を熱心に唱えた。

四つ（午前十時）の頃合、須崎湊から回航された三百七十石船が玉泉寺下の柿崎浜に着いた。すると待ち受けていた四人の遍路が早々に船に乗り込んだ。そして、船は柿崎浜を離れて下田湊を東から西に横切ると赤根島の南を廻って大海原に出た。

順風を受けた船は多々戸浜、入田浜、吉佐美《きさみ》大浜、碁石浜、長磯、田牛《とうじ》と浜伝いに航行し、盥岬を回って弓ヶ浜の手石沖に進んでいった。

船が到着して四半刻、山道をやってきた陸遍路の一行が弓ヶ浜に姿を見せた。だが、陸遍路と船遍路の一行が交わるということはなかった。

陸遍路の一行も船遍路の四人のお遍路もそれぞれ玉泉寺で用意されていた握り飯の昼餉を食し、まず陸遍路一行が先行し、船遍路が遅れて石廊崎長津呂湊にある五十八番札所正眼寺を目指して弓ヶ浜を抜錨《ばつびょう》した。

その直後、下田湊から下田奉行の早船が遍路船に変じた三百七十石船を追って姿を見せた。そして、御用船も石廊崎に向かって転進した。

陸遍路は再び海沿いに断崖絶壁の険しい道に差しかかった。

伊豆半島の最南端、石廊崎に向かうにはこの道しかなかった。まず地元の者か五十八番札所の正眼寺に向かう遍路しか通らない山道だ。

道のあちこちに野地蔵が見られた。

それは遍路の途中に斃れた者たちに手向けられた石仏であった。

一行は野地蔵に会うたびに合掌して、また先に進んだ。

弓ヶ浜から石廊崎の間はおよそ山道一里と三十丁あった。

道のほぼ半ば、山道が海と平行するように下ってきた南崎で鳥居一派と下田奉行の役人で編成された捕り方が数丁あった間合いを詰めてきた。

陸遍路一行もそのことに気付いたか、緊張が走った。だが、歩みを止めることはなかった。

海風が南から吹き付けてきた。

日没と競い合うように陸遍路は必死の足取りで進んだ。

闇が迫ると鵺女一統が襲いくることも考えられた。出来るだけ日のあるうちに正眼寺に到着したい。その思いが一行の足を早め、前傾姿勢にさせていた。

後方から迫ってきた鳥居一派と下田奉行の捕り方の気配がふいに消えた。

海と平行して進む遍路道が大崎口で再び厳しい勾配の急坂に変わり、海からの高さを上げるとこれまで平行であった海面が眼下に見えてきた。

黄金色に光り始めた海岸の沖に蓑掛島が望めた。

美しい光景だが、陸遍路のだれ一人としてその景色を愛《め》でる者はいなかった。

そのとき、陸遍路の長の翠岩眉毛和尚の足が止まった。

饅頭笠の縁を上げて辺りを見回していたが、一行の者に何事か命じた。

一行の中から数人が背に負っていた笈の上の筵包みを下ろすと包んであった道具を取り出した。

なんと遍路姿とはおよそ似つかわしくもない長脇差に鉄砲であった。

鉄砲を手にして火縄に火を点けた五人が山道から外れて藪《やぶ》に没するように姿を消した。

和尚が残った陸遍路一行に前進することを命じた。

一同は粛々として前進した。

ものの二丁も進んだか。

遍路道の行く手に捕り方が姿を隠して待ち伏せていた。

道の左右に岩場が聳《そび》え、遍路道はその間を切通しのように抜けていた。

それぞれの岩の頂きに二人ずつ鉄砲を構えた撃ち方が配置されていた。さらに木の上に下田奉行所の鉄砲の達人と呼ばれる手代、遠目の平兵衛が攀《よ》じ登り、英吉利《イギリス》製元込め式エンフィールド連発銃の銃身を枝の間に固定して下の道に狙いをつけた。

薄暗くなった遍路道に鈴の音が山道に響いた。

「尊さや大悲の千手千眼は
みな正眼のふしぎなりけり」

ご詠歌が鈴の音に和した。

五十八番札所正眼寺のご詠歌だ。

エンフィールド連発銃が先頭の遍路に狙いを定めて構えられた。

岩場に陣笠の男が屹立した。

「偽遍路め、覚悟致せ。ここはそなたらの地獄の一丁目じゃぞ！」

法衣の和尚が一行の前に飛び出してくると饅頭笠の縁を差し上げた。すると丸い顔に無精髭が見えて、野太い声が、

「妖怪鳥居忠耀の手下か！」

と問い返した。

「いかにもそれがし、鳥居甲斐守忠耀様内与力手島稲兵衛である。幕府転覆を企てる大悪党めら、そなたらを召し取るのは容易きことなれど江戸への移送が面倒である。山道の獣に食われた骨肉は、雨風に晒されて大海原に押し流され、荒波に棲む魚が始末してくれるわ」

「長口上の木っ端役人め、おれがだれか承知で抜かすか！」

玉泉寺の和尚とも思えぬ乱暴な言葉遣いで問い返された。

「玉泉寺翠岩眉毛であろうが、うぬの正体知らいでか」

ふっふっふ
という含み笑いが海風の吹き上げる山道に響き渡った。

「老中真田信濃守が家臣、さらには大目付常磐豊後守、雉《きじ》も鳴かずば撃たれまいに」

陣笠が手を上げると撃ち方に合図を送り、

「撃ち方始め！」

と非情の宣告を命じた。

山道に一列縦隊の陸遍路だ。その一行の先頭に和尚がいた。

和尚を狙って最新式の連発銃を構えた撃ち方の一人が引金を引こうとした。

ずずずーん！

旧式火縄銃の音が山道に重なり合って木霊《こだま》した。

岩場に伏せる撃ち方四人と木から狙撃しようとした下田奉行所の鉄砲名人の手代らの口から悲鳴が上がり、山道に転がり落ちた。

「な、なにが起こったか」

岩場に屹立した陣笠の手島稲兵衛が狼狽して辺りを見た。

銃弾は山道の岩場を見下ろす、さらに上の山から撃ち出されていた。

「地獄に向かうのは妖怪奉行の内与力どのかのう」

野太い上州訛りが宣告すると高笑いが続いた。

次の瞬間、手島の胸を一発の銃弾が撃ち抜き、夕暮れの光が血飛沫を浮かび上がらせ、岩場から後ろ向きに吹き飛ばされて転落していった。

陸遍路一行の行く手を塞いでいた鳥居一派と下田奉行支配下の役人らは一瞬にして頭領と撃ち方を失い、周章狼狽すると鉄砲を持参していた役人たちが狙いも定めずに鉄砲を発射した。

「反対に待ち伏せされたぞ！」

「退却じゃ、後ろに下がって間合いを空けろ！」

「退却を援護せよ、鉄砲組、先を争って逃げるでない！」

「慌てふためくな、山道は危険じゃぞ！」

「背中を撃ち抜かれたいか」

などと混乱に陥り、逃げ散っていった。

一転、静寂が訪れた。

陸遍路の間から鈴の音が響いて心経が唱えられた。そして、何事もなかったように前進し始めた。その一行に一人に二挺ずつの鉄砲を手にした五人がいつの間にか加わり、
「親分、下田奉行の鉄砲はうちのより随分と新しいぜ」
とそれぞれが元込め式エンフィールド連発銃を和尚に差し出した。
「ほう、いい道具が手に入ったな。雉も鳴かずば撃たれまいとは、てめえのほうだぜ」
親分と呼ばれた和尚が手にした鈴を夕闇の虚空に差し上げて、
りーん
と鳴らした。
石廊崎下の長津呂湊近くの岩場に湯が湧いていた。洗い場は海に接して時に波飛沫が湯まで飛び散ってきた。
細い入り江の向こうに大海原が望めた。濁った黄金色に染まる荒波が石廊崎の崖にぶつかり、
どんどーん
という音を響かせていた。
「瑛二郎、船遍路は楽でよいな」

「父上は船酔いとは無縁にございますな」

柿崎浜から遍路姿で船に乗り込んだのは常磐秀信、松代藩江戸家老の内膳蔵人と従者、それに夏目影二郎の四人だった。

「歩かずに集まりの場にいけるのは極楽気分かな」

と船行を歓迎した内膳は相模灘から外海の太平洋の大波に揉まれて船酔いした。長津呂湊に到着すると正眼寺に担ぎ込まれて伏せっていた。

一方、秀信は船には強いようだった。

「瑛二郎、道中奉行を兼帯する常磐秀信、海の道に船酔いするようではお役目務まるまい」

「来春はいよいよ日光社参、大行列の戸田川の渡しの指揮を父上がお取りになるやもしれませんからな」

「戸田川は海ではない、川だ。なんのことがあろうか」

「父上、改めて問いますが日光社参の危惧はなんでございますな」

「そうじゃのう」

と秀信が思案した。

どーん

と荒波が湯船に被さるように降り注いで視界を塞いだ。

「それほどの気がかりにございますので」

「一に社参に掛かる莫大な費用の捻出であろうな。忌憚なく申せば神君家康公の御名を借りた神頼みに何十万両の金子を無益に費消するのか。いや、まずその大金を調達するのがひと苦労であるな。これはもはや勘定方だけではどうにもなるまい。幕閣、諸大名方、豪商の協力なくしてはどうにもならぬわ」

「とは申せ、日光社参を中止することは出来ますまい」

「此度の集まりも日光社参阻止の一縷の望みを抱いて全員が集まって来られる。六十万両、七十万両の金子があれば列強各国が保有する自走式砲艦を数艘購入することができよう。日光社参は三百諸侯への意味なき締め付け、だが、海防に大金をつぎ込むは徳川幕府の存続につながる有効な手段だぞ、瑛二郎」

「父上の申されること影二郎には理解つきますが、城の内外を牛耳る水野様や鳥居は考えの外《ほか》にございましょう」

ふうっ
と秀信が吐息をした。

「そこよ」

大きな波が長津呂の岩場の湯に降り注いだ。

遠くで犬の吠え声がした。

「父上、陸遍路一行も正眼寺に到着なされたようにございますぞ」

「あかの吠え声じゃな」

と応じた秀信が、

「そなたに仲間がおったとは未だ信じられぬわ」

と首を傾げた。

「父上、日光社参に際し、幕府は関八州の渡世人らを捕縛する強硬策を取られるということですが効果の程はございますかな」

と影二郎が話題の矛先を変えた。

「幕閣の大半の方々は赤城山を根城にする国定忠治一派の行動を案じておられる」

「忠治一家が将軍家の社参の行列に切り込むとお考えですか」

「忠治らは鉄砲を所持し、大戸の裏関を押し破った連中だ。遠くから鉄砲を撃ちかけられては大混乱に落ちよう。将軍家に怪我がなくとも道中奉行ら何人が腹を切っても足りぬぞ、そこでそなたの出番というわけだ」

波飛沫が湯を包み、いつの間にかひっそりと一人の湯治客が湯船に身を沈めていた。

「どうだ、客人。父上の案じられることに答えてはくれぬか」

影二郎の問いは新しく入ってきた小太りの影に向けられた。

「南蛮の旦那、幕府には目利きはいないのかえ。渡世人とはいえただの烏合の衆が国定忠治とその一統よ。直参《じきさん》旗本、大名諸侯を揃えた行列になにができるものか」

「父上、ああ申しておりますぞ」

「瑛二郎、どなたか」

初めて人影に気付いた秀信の声音が緊張していた。

「玉泉寺の翠岩眉毛和尚の代役でございますよ」

「そなたの仲間じゃな」

「父上、上州無宿の国定忠治と申さば得心なされますか」

「な、なにっ」

秀信が湯船から立ち上がり、息を飲んだ。

「常磐豊後守様、お初にお目にかかりやす。わっしが国定村生まれの忠治にごぜえやす。以後お見知りおきの程願い奉りやす」

「国定忠治がわが眼前に」

秀信が呆然と呟いた。

「ご不快にございますか、父上」

「そなたの仲間とは国定忠治であったか」

「いかにも」

「いかにもだと。そなたは平然としておるが、それがしが国定忠治と会ったと幕閣の一人でも知れば、この常磐秀信、いくつ腹を切っても足りぬぞ」

「父上、そもそも下田の集まりの参加者なれば腹の一つやふたつ覚悟の前にございましょうが」

「そうには違いがないが」

どぶーん
と波が湯船を覆った。

「親分、此度は妖怪め、京の仙洞御所《せんとうごしょ》の鬼門丑寅《うしとら》の方角の猿ヶ辻の築地塀に千年にわたり棲むという鵺女を雇いおったそうな」

「煙草売りの杢助さんにおよその様子は聞きましたぜ、南蛮の旦那。全身に般若心経を書いておれば鵺も襲うては来ぬそうな」

「忠治、書き込むか」

「旦那、関所破りの大罪人国定忠治が経文を体に書き込んで鵺から身を守ったとありゃあ、仲間内に顔向けもできねえや。この命、早晩お上の手にかかり、三尺高い台の上に晒さねば義理も果たせめえ。京の鶏なんぞに命を取られてたまるものか」

「忠治、よう駆けつけてくれたな」

影二郎は改めて礼を言った。

「南蛮の旦那の頼みとあらば百里はおろか千里さえ駆けつけねば義理が済むめえ」

「われら、相身互《あいみたが》いであったな、そなたが獄門にかかるとき、おれが介錯《かいしゃく》を勤めようか」

「そいつはありがてえ」

と忠治が喜色の声を上げ、影二郎が言い添えた。

「此度も真の敵は妖怪鳥居忠耀だ」

「言わずもがなの言葉だぜ、南蛮の旦那」

新たな人声がして提灯の明かりと一緒に近付き、波飛沫が湯船を覆った。

飛沫が湯船に落ちて視界が開けた。すると忠治の姿は掻き消えていた。

「瑛二郎、ただ今のこと、夢かまぼろしか」

「夢と思えば夢、うつつと思えばうつつにございます、父上」

「驚き入った次第かな」

明かりが長津呂の湯に近付いてきて、
わんわん
と朝からの再会を喜ぶようにあかが岩風呂の周りを飛び回った。

「煙草売りの杢助、ご苦労であったな。だいぶ遅れたがなんぞ現れたか」

「下田奉行のご一行様が鉄砲を手に襲いかかりましたがな、夏目様のお仲間の助勢で難なく通り抜けられました。それにしても夏目様の人脈恐ろしいものにございますな」

「世の中、目に見えることばかりではない。見えぬ世界でも人は生きておるものよ」

「いかにもさようでございます」

と答えた杢助が湯船に入ってくると、

「内膳どのとはお会いになられたか」

と秀信が聞いた。

「船酔いをなされたとか。杢助が持参の薬を差し上げましたでな、もはや気分は回復されました」

「それは重畳」

「常磐様、どうやら海防会議は海蔵寺に決まったようですな」

「いかにもさようだ、すでに半数の方々は海蔵寺に入られたそうな」

これで双六《すごろく》の上がりが決定したかと影二郎は思った。

「常磐様、石廊崎の出口を下田奉行の御用船が塞いだそうにございます」

と杢助が新たな危惧を告げた。

二

翌朝未明、松代藩の雇船三百七十石船の帆船に江戸家老の内膳蔵人、常磐秀信ら下田海防会議の参加者五組が乗船し、石廊崎の長津呂湊を出た。

狭く閉ざされた湊から切り立った断崖絶壁が迫り、恐ろしいほどだ。

内膳蔵人は昨日の外海航海で船酔いにかかり、最後の行程を船でいくと教えられ、げんなりとしていた。他の参加者も船行は初めての様子で、一人だけ常磐秀信が、

「船酔いは人それぞれと申しますがなにより気をしっかりと持つことですぞ」

などと同船の同志に忠言していた。

夏目影二郎は南蛮外衣を身に巻いて太平洋を睥睨《へいげい》するように舳先《へさき》に立っていた。その傍らにはあかがいた。

艫櫓《ともやぐら》には土地の若い漁師が水先案内に乗り組んでいた。

切り立った断崖の間から荒波が船の舳先へと押し寄せてきた。

三百七十石の帆船は果敢に荒波に挑み、石廊崎を大きく迂回するといったん外海に出た。するとどこに停泊していたか、下田奉行支配下の御用船が姿を見せた。

石高は松代藩の雇船が一回り大きい。だが、下田奉行支配下の御用船は七丁艪《ろ》を備えて帆走に加え、船足が断然早かった。だが、それは外洋航行のための船ではなく下田湾内で使われる船として利用されてきた。

それを見ぬいたように松代藩の雇船は外海から複雑に切り立つ海岸線に再び近付き、岩場を縫って海蔵寺のある入間に向かおうとした。長津呂の正眼寺の住職の世話で水先案内として土地の若い漁師が乗り組んでいた。

下田奉行所の御用船は石廊崎付近の複雑な海と断崖に接近できず、沖合いを併走する策を取った。

石室神社下から奥石廊崎の断崖下をいく三百七十石船の艫櫓にはぴりりとした緊張が漂い、絶えず号令が飛び交っていた。

秀信ら海防会議の参加者たちは船室に下がり、激しい揺れに耐えていた。

影二郎は見た。

三百七十石船の行く手に大根と呼ばれる小さな島が立ち塞がり、船は複雑に波間に根の頂を覗かせる岩場の狭い水路を乗り切ろうとしていた。

「参れ」

影二郎が腹の底から搾り出す声を大根に発した。

舳先が狭い水路に潜り込み、帆桁《ほげた》の先端が岩に触れた。それでも若い漁師は舵方に細かく指示を出して、時には舵棒に手を添えて岩場を抜けようとしていた。

右手奥に仲木《なかぎ》の里の浜が見えた。

左舷には下田奉行支配下の御用船が姿を現し、接近するかどうか迷うように回転していた。

「君掛根の間をすり抜ければあとは一気に入間の浜じゃぞ！」

水先案内の声が船上に響いた。

御用船が覚悟を決めたように松代藩の雇船の後ろに接近してきた。すると船縁に陣笠を被った撃ち方らが控え、銃口を雇船に向けてきた。

二隻の間が見る見るつまり三十間と接近した。元込め式のエンフィールド連発銃の有効射程距離だったが、波が高く船が上下に揉まれてなかなか狙いが定まらなかった。

それでも焦れたように引金が引かれ、銃弾が雇船を掠めて飛び去った。さらに二隻の距離が縮まった。

もはや御用船の撃ち方の顔まで見分けられた。
影二郎は舳先が君掛根を左に見て複雑な岩場の間に入り込んだのを感じた。三百七十石船は右に左に舳先を変えつつ、それでも前進した。
「右舷に寄るでないぞ、船は木っ端微塵に砕けるぞ！」
艫櫓の漁師が叫び、船頭らも必死で操船した。
再び銃声が波間に響いた。弾丸の何発かは雇船の艫下の船板に食い込んだ。二隻の船の距離がさらに接近していた。
影二郎が広々とした海が行く手にあるのを見たとき、雇船の舳先が陸側の断崖へと急転換し、さらにその直後に元へと舳先を戻した。
波の下にある根を避けたのだろうか。
だが、追走する下田奉行の御用船は広がる海に、松代藩の雇船に向かって直進した。
その瞬間、
ごつん
と音が海底に響き、続いて、
ばりばりばり
と船底が引き千切られる恐怖の音がして、御用船は左舷に一気に傾き、撃ち方たちが波間に投げ出された。

悲鳴と絶叫が海上に響き渡った。

影二郎が後ろを振り返ったとき、大きな波が二つに裂けた御用船を海底に引き摺りこむ光景に接した。

一瞬のことだった。

御用船の姿は掻き消えていた。

松代藩の雇船は入間の浜を正面に見る海に出た。そこも外海からの荒波が押し寄せていたが、狭い水路の複雑な潮流に比べれば穏やかな海だった。

それを察したか、遍路姿の一行が三百七十石船の船上に現れ、通過してきた隘路《あいろ》に向かって般若心経を上げ、鈴を鳴らした。

昼前、船は入間の浜に到着し帆を下ろした。

浜から集落の中をだらだらとした坂道が山に延びて伊豆八十八箇所霊場巡りの五十九番札所海蔵寺の山門が見えた。

元々海蔵寺は仲木の里にあったという。その当時は比叡山延暦寺に属する天台宗の寺であったが、天文《てんぶん》年間（一五三二〜五五）に入間に移され、英仲亀和尚を開山として臨済宗建長寺派に属することになった。

本尊の弥勒菩薩は行基の作と言われ、また伊豆七福神の布袋尊も祀られてあった。なにより五十九番札所の名物は山門から眺める海上の月だ。この寺のご詠歌に、

「三つの会《え》のその暁は遠くとも
波のいるまの月をながめん」

とある。

浜に船が到着したことを知ったか、先行してきた下田海防会議の面々が浜に下りてきた。船の舷側から縄梯子《なわばしご》が浜に下ろされ、水夫らが飛び降りて浜に杭を打ち、固定した。

影二郎はその中に伊豆代官の江川太郎左衛門、斎藤弥九郎ら数人の見知った顔を見つけ、会釈をした。

「瑛二郎どの、ご苦労に存じます」

太郎左衛門が影二郎の本名で呼びかけた。

影二郎は太郎左衛門に改めて会釈を返し、伊豆代官所の手代でもある練兵館の斎藤弥九郎に、

「先生の留守に道場にお邪魔して稽古をさせて貰いました」

と前置きして礼を述べた。

「江戸からも文にてアサリ河岸の鬼が練兵館の赤鬼に変じたと知らせてきましたぞ」

と斎藤も笑った。

「瑛二郎」

秀信の声がして、

「会議は二日から三日続こうと思う、警護を頼む」

というと縄梯子を伝い、船を下りていった。すると浜から、

「五百両確かに拝受致しました、秀信どの」

という太郎左衛門の声が影二郎の耳に聞こえてきた。

江戸から影二郎が笈に入れて持参した五百両は下田海防会議の仕度金か、あるいは海外からなにか購入する資金に当てられるものか。

太郎左衛門らの傍らでは松代藩の江戸家老内膳蔵人が口髭を生やした偉丈夫の出迎えを受けていた。

おそらく佐久間象山その人だろう。

二十数人が集まるという海防会議の講師を務めるのは江川太郎左衛門か、あるいは佐久間象山と、影二郎は見た。

影二郎の耳に、

「なにっ、長崎からの船はまだか」

という秀信の懸念の声が聞こえた。

長崎からもはるばる伊豆にやってくる人物がいるのか。

長崎町役人にして砲術家の高島秋帆は鳥居忠耀の手を逃れて長崎に戻ったばかりだ。

この集まりの趣旨からいけば秋帆が中心になるべきだが長崎に戻ったばかり、事情も事情だ。まずそれはあるまいと思った。

となるとだれか。

影二郎は浜に出迎えた遍路姿の一行とは一人離れてひっそりと岩場に腰を下ろす着流しの人物を見た。なんと江戸北町奉行遠山左衛門尉景元《とおやまさえもんのじょうかげもと》だ。

影二郎と目が合うと、

「金四郎《きんしろう》」

が会釈を返してきた。

影二郎はあかを横抱きにして縄梯子を伝い、浜に下りると非番を利して伊豆まで出張ってきた北町奉行に、

「ご苦労に存じます」

と挨拶した。

「影二郎さんや、金四郎だよ。丁寧な言葉遣いはいらねえよ」

と伝法な口調で応じた。

幕臣遠山家は美濃の遠山荘を所領とし、はじめは織田信長に仕え、信長の死後に徳川家康と主従の結びをなした。金四郎の父に男子が生まれず、養子をとった後に金四郎が誕生した経緯があった。

天保十一年から十四年に北、弘化二年から嘉永五年にかけて南と、両町奉行を務めた金四郎は苦労人でもあった。

老中首座水野忠邦が強引に推し進める緊縮政策、

「あれも駄目これも駄目」

の政事に反対の意を唱え、経済を活性化させる方針を敢然と推し進めようとしていた。

寄席が悪の温床であると幕閣で議題が出されると遠山は新たな法を作り、その規則を遵守させて寄席を守ろうと主張し、水野は全面撤廃を指示した。

かくの如くあらゆる面で水野と遠山の二人は対立した。

市井《しせい》の暮らし向きを知らない水野忠邦と庶民の感情を肌で理解する遠山、度々繰り返される飢饉と不況に見舞われた天保という時代の中で二人は激しく対立した。そして、金四郎の前面には水野忠邦の強力な援護を受けた南町奉行の鳥居忠耀がいた。

これまで影二郎と金四郎は、何度となく相協力して水野改革の緊縮財政と政治に抵抗してきた。

「影二郎さんや、よう父上を伊豆までお連れして来られたな」

「急に父上が遍路旅に出たいなどと申しますゆえ、おかしな話と疑っておりました。まさか開国派の人士を一堂に集めて密かに海防会議が催され、それに父が参加しようとは」

「南町の目が光る江戸ではこのような離れ業はさすがにできねえよ」

「この伊豆にも鳥居の放った刑部鶴女とその一統が出張ってきております」

「この金四郎、未だ奇妙な生き物に出遭うてはおらねえが、集まりに向かう同志が何人も犠牲になったと聞いたぜ」

「浦賀奉行どのの代理、内与力どのらが襲われて非業《ひごう》の死を遂げております」

と答えた影二郎は、

「金四郎どの、会議の集まりはおよそ顔を揃えられましたか」

「未だ長崎からの船の姿が見えねえよ」

「まさか高島秋帆どのが参られるのではございますまいな」

「おまえさんが苦労して鳥居一派の手から逃れさせ、長崎に帰ったばかりの秋帆どのだものな。これで伊豆に現れたら、先のそなたの苦労はなんのためか分からなくなるぜ」

と苦笑いした金四郎が秋帆の伊豆入りを遠回しに否定した。

「そのようなことはどうでもようございますが」

「時代は滅法早く急変していらあ、なにが起こっても不思議はねえ。影二郎さんや、長崎からの人物、楽しみにしておられなせえ」

「長崎からの船を待って会議は始まるのですか」

「いや、今晩から会議は始まるよ」

「日数はどれほどで」

「佐久間象山さんが張り切っておられる、まあ三日かねえ」

と着流しの懐に突っ込んでいた片手を襟元から出して不精髭の生えた顎を撫でた。

「海防会議の背後に隠された本筋の話し合いは来春の日光社参を阻止することと伺いましたが」

「まずそれは無理だぜ。屋台骨の緩んだ幕府であればあるほど日光社参という一大儀式に頼らざるをえねえのが、ただ今の幕府の実情さ。実際、莫大な費用のあてなんぞどこにもねえ、幕府の金蔵にその路用など指先ほどもねえ。すべて巷の商人からの借財よ、その借財を海防に回すなどの大鉈《おおなた》をだれが振るえるね、影二郎さんや」

「此度の集まりの人士の中にそのような人材はおらぬと申されますか」

二人の視線が浜から海蔵寺の石段をぞろぞろと上がる秀信らに向けられた。

「政事の是非を承知で力技を振るわれるお方は残念ながら一人もいねえな」

金四郎が苦笑いしながら言い放った。

「どちらかというと学者肌の人士が大半でな、まあ、此度の集まりにこれだけの人数ががん首揃えたことに意味があるのさ」

「いずれこの海防会議が役に立つときが参りますか」

「影二郎さんや、そのために無理をしての集まりさ」

と応じた遠山が、

「そなた、水野様を始め幕閣を仰天させるような味方を伴うておられるようだな」

遠山金四郎の目がぎらりと光り、影二郎を見た。

「ほう、だれのことにございましょう」

「まあ、お互いの立場ではその名は口にできねえな。言わず聞かず、それが大人の知恵というもんだぜ。常磐様の首にもかかわらあ」

「金さん、一つだけ確約できることがござる」

「なんだえ」

「これで日光社参に際して赤城山一統が将軍家のお行列を襲うことだけはなくなりました」

「赤城山の頭と常磐様が話し合われたか」

影二郎が頷いた。

「そのような流言を飛ばすのは鳥居ら一派でな、幕閣内や世間を怖がらせておいて本体から目をそちらに向けさせようという小賢しいいつもの策よ」

と遠山金四郎も国定忠治らが将軍家の行列を襲うなど最初からありえないことだったと影二郎に告げた。

「ともかくさ、赤城山の主を自在に使いこなせるのは夏目影二郎、おまえさん一人、この金の字も頼りにしているぜ」

と言い残した着流しの金四郎は山門へと向かった。

浜に影二郎とあかが残された。

夕闇から姿を浮かび上がらせた、小さな影があった。

「旦那、久しぶりだねえ」

遍路姿の男は国定忠治の手下、蝮《まむし》の幸助だ。

「伊豆くんだりまで呼び出してすまなかったな」

「旦那の頼みとあっちゃあ致し方ねえや」

「あと数日助《す》けてくれぬか」

「海蔵寺の連中を襲おうという、京の都は猿ヶ辻の築地塀に棲むという鵺女を封じ込めればいいんだね」

「出来るか」

「仕度には取り掛かっていらあ」

「苦労をかけるな」

「南蛮の旦那には不釣合いな台詞だぜ。うちの親分は南蛮の旦那とは持ちつ持たれつといつも言ってなさらあ」

「おめえの親分に礼を言ってくれ」

「今宵の南蛮の旦那はちいとばかりおかしいぜ。親父と旅すると人が変わるものかねえ」

「妾腹ゆえの僻《ひが》み根性が直ったのかもしれねえぜ」

「旦那、なんぞあればおれが連絡をつける。塒《ねぐら》はどこだえ」

「船がおれの寝所だ」

と答えた影二郎は飼い犬に向かって、

「あか、蝮と一緒にいけ。なんぞ言付けあらばおまえが走れ、蝮なんぞより早いからな」

と諭すように言い聞かせるとあかが、
うおーん

と影二郎の命が理解できたという風に吠えた。

「うちは一人だって手が要るときだ、あかの援軍は助かるぜ。借り受け申しましょう」

蝮の幸助とあかが海蔵寺の裏手に回り込むように夕闇に姿を溶け込ました。

「そろそろ鵺女が姿を見せる刻限か、挨拶に参ろうか」

影二郎は呟きを残すと独り海岸から入間の集落へと足を向けた。

三

漁師の家が十数軒風を避けて屋根を寄せ合っているのが入間の集落だった。その中心に石垣に囲まれた大きな屋敷があった。

石廊崎海域が烈風に見舞われた折、風を避けてきた船を世話する回船問屋と網元を兼ねた屋敷であり、入間の長でもあった。屋内から緊張と熱気と弛緩が混じった空気が漂ってきた。博奕《ばくち》が行われているのだ。それに酒を飲ませるのか、女の声が聞こえた。

「許せ」

影二郎が土間に入ると囲炉裏端から唐桟《とうざん》を着た女が顔を上げた。水夫《かこ》や遍路しか訪れないような浜に鄙《ひな》には稀なる婀娜《あだ》っぽい女だった。囲炉裏端で酒を飲んでいた男二人が影二

郎を、
じろり
と見て奥の賭場に戻った。

回船問屋と網元を兼ねた屋敷は外から見る以上に広く大きく、土間の端から階段が二階に伸びて船の道具が収納されている、そんな感じだった。

板戸が外された家の奥座敷二つがぶちぬかれ、そこが賭場だった。箱行灯の明かりにぎらぎらと目を光らせた賭博者たちの姿を浮かびあがらせ、男たちがさいころの転がりを注視していた。

「酒を飲ませてくれるか」

影二郎が女に言った。

「こんなところでいいのならね」

「かまわぬ」

影二郎は腰から法城寺佐常を引き抜くと土間から囲炉裏端に上がった。女が、

「燗をつけるかえ、それとも冷でいいかえ」

と聞いてきた。

「あねさんに手間をかけるが燗酒を貰おうか」

「あいよ」

女が気軽に囲炉裏端から立った。するとふんわりと伽羅《きゃら》か白檀《びゃくだん》か、香木を焚いたような匂いがした。

台所に下りた女が背を向けて酒の仕度をする背と尻が艶っぽく動いていた。

影二郎は何気なくその様子を見ていた。

女がふわりと立ち上がり、くるりと振り返って影二郎と視線を合わせた。

「お侍、船で見えたのかえ」

「親父どのの気紛れ遍路の付き添いでな、だが、おれは抹香臭い寺にお籠りなんてお断りだ」

「お父っつぁんの付き合いだなんて、見かけによらず親孝行なんだねえ」

炉辺に燗徳利を置くと板の間の隅の竹籠に無造作に積んである盃を取りに立った。

「一人では酒も楽しゅうない。付き合ってくれぬか」

「私もご相伴にあずかっていいの」

盃二つを持ってきた女に影二郎が燗徳利を取り上げ、差し出した。

「お客からいきなり差されるなんて世の中逆様ねえ」

「作法なんてくそくらえ」

「親父様の遍路に付き添う無頼の倅だなんて見たこともないよ」

「おれは妾腹でな、親父に命じられれば断ることもできぬでな」

女が影二郎を見返し、影二郎の差す盃を女が受けて、満たされた盃を炉辺に優雅な手付で置いた。今度はお返しに注ごうとした女を制した影二郎が自らの盃に酒を入れた。

「どちらが客だか分かりゃしないわ」

二人は盃を目の高さに上げた。

「ご馳走様」

女が言うと目で影二郎に、

「お先に」

と催促した。

影二郎が頷き、盃を口に持っていく。その様子を見て女が、

「頂戴するわ」

と口を付けた。

影二郎は女の喉が官能的にゆっくりと上下して動くのを確かめた後、酒を口に含んだ。

「美味い」

「この浜に大勢の人が集まるなんておかしいわ」

影二郎の言葉に女が応じた。

「海蔵寺は五十九番札所だぞ」

「お侍、通し遍路ばかりじゃあないよ。岬の辺鄙《へんぴ》な札所に参るのは十人のうち一人か二人、そろそろ木枯しが吹こうという季節に遍路の佃煮なんておかしいよ」

「信心に憑《つ》かれた者は意外と熱心でな」

「旦那は親父様の付き添いだなんて用心棒でしょ」

「山は深く海は荒い伊豆のことだ。遍路に用心棒が従っていたとしてなんの不思議があるものか」

女が影二郎の盃を満たし、影二郎が女の盃を満たしたりして何度かやりとりして呑んだ。

「そなたこそ狐狸妖怪が巣くう辺鄙な地に鄙には稀な徒花《あだばな》を咲かせたものよのう」

「あら、旦那、口も上手ね」

賭場から水夫が二人ばかり炉辺に姿をみせた。

「ああ、負けた負けた」

とぼやいた髭面が、

「おさよ、いい鴨と思うてべったりだな」

と言い放った。

「うるさいね」

　おさよと呼ばれた女が空の徳利を下げて囲炉裏端から釜場に下りた。

賭場から下がってきた男二人が影二郎に絡んだ。

「船遍路の用心棒だってな、江戸の人間がすることは察しがつかねえら、権十《ごんじゅう》」

「当たり前だ、金持ちの旦那の気紛れに付き添うのがこの浪人の仕事だら」

「権十よ、互いに知り合うたもなんかの縁ら、用心棒侍、ちいと銭を都合してくれるといいがな」

「聞いてみるら、高の字」

水夫が土地訛りで応酬し合い、袖無しの懐に片手を入れて影二郎を睨んだ。

影二郎はおさよの燗を付ける背を眺めていたが、

「銭を強請《ゆす》りとろうというなれば、芸を見せえ」

二人の髭面が睨み合い、

「聞いたら、権十」

「抜かしたぜ、高の字」

と言い合うと、

「わっしらが匕首《あいくち》抜いたとなりゃあ、血の雨が降るねえ。赤い雨止めには小判一枚が要るら」

「あいよ」

と二人の片手が抜かれると抜き身の匕首が逆手に持たれていた。

「それが芸か、びた銭一枚の値打ちもないな」

「言いやがったな」

一人が中腰の構えで影二郎の肩口に匕首の切っ先の狙いを定めて突っ込んできた。その瞬間、影二郎の手の盃が飛んで、
びしり
と権十の鼻っ柱に当たり、権十は尻餅をついた。

「やりやがったな！」

高の字が続いた。

影二郎の手がかたわらの法城寺佐常にかかり、鞘ごと握られると鐺《こじり》が突っ込んできた高の字の股間を突いた。

げえぇっ！

と吹っ飛んで高の字も炉辺の板の間に転がった。

「騒がしいねえ」

おさよが燗の付いた徳利を片手に下げて河岸に上がった魚のように転がる二人を眺め下ろした。もう一方の手には湯呑があった。影二郎の投げた盃の代わりか。

「座興と思って許しておやりよ」

「なんとも思うておらぬ」

影二郎は先反佐常を元の場所に戻した。

「ささっ、機嫌を直して湯呑で一杯おやりなさいな」

影二郎の傍らに座したおさよが肩を寄せて湯呑を持たせ、熱燗の酒を注いだ。

「旦那、ぐいっと飲み干すと気分が変わるよ」

影二郎が湯呑を口に持っていった。

ぎしぎし

と二階の板の間を歩く音がして階段に人影が姿を見せた。

「お飲みな」

と影二郎に勧めたおさよが階段を下りてきた男に、

「だれだえ、おまえは」

と誰何《すいか》した。

「女の色気に惑わされる南蛮の旦那じゃねえがよ、酒には気をつけたほうがよさそうだぜ」

「蝮、毒でも盛られたか」

浜で別れた蝮の幸助だ。

影二郎が手の湯呑を口から外し、おさよの口に持っていった。

「なんだえ、私が毒を盛ったというのかえ」

「蝮の幸助はそういうがねえ、おさよ、そなたの口で試してみねえ」

「冗談は止しておくれな」

おさよが寄せた肩を引こうとした。

影二郎の手の湯呑が揺れて酒が零《こぼ》れ、囲炉裏の炎にかかった。すると炎が青白く変わった。

「蝮、助かったぜ」

と礼を述べた影二郎が、

「遍路に用心棒が従っている以上に辺鄙な浜におまえのような婀娜っぽい女がいるほうがよっぽどおかしいぜ」

「や、止めておくれよ」

おさよが後退りして影二郎の傍らから間をおこうとした。だが、影二郎の爪先が唐桟の裾を抑えて動かさなかった。

おさよの目が、
ぎらり
と光った。
香木の匂いが饐《す》えた死臭に変じた。
影二郎には馴染みの臭いだ。
「そなた、京の猿ヶ辻の鬼門の築地塀に棲まう刑部鵺女じゃな」
ふいに賭場の箱行灯の明かりが消えた。
ぎえええっ
と屋内に鵺の威嚇の叫び声が響き渡り、
ぬめっ
とした空気が流れた。
影二郎の手の湯呑がおさよに投げられ、おさよが囲炉裏端のその姿勢のまま垂直に飛び上がり、自在鉤を片手で摑むと口からあの液体を影二郎に向かって飛ばした。
影二郎は佐常を手に、
ごろり
と板の間を転がり、避けた。そして、立ち上がったとき、刑部鵺女が絡む自在鉤を佐常で抜き打ちに斬り落としていた。

自在鉤と一緒に囲炉裏の火に落下した鵺女の体に火が燃え移った。

げえええっ
絶叫が響き、背に炎と燐光を放った鵺女が囲炉裏から土間に飛び下りると網元屋敷の外の闇へと転がり逃げた。

明かりは囲炉裏の炎ばかりだ。

蝮の幸助が囲炉裏の燃える薪を摑み、板の間の行灯の明かりに火を点した。すると壮絶な地獄絵図が浮かび上がった。

二間をぶちぬいた座敷の賭場のあちこちに血を抜かれた青白い亡骸《なきがら》がごろごろと転がっていた。

この回船問屋にして網元の入間深左衛門家の家族奉公人、さらには賭場の客らが鵺に襲われ、殺された骸《むくろ》だった。今まで影二郎らが見ていた賭場の光景は幻夢だった。

「なんてこったえ、臭い臭いと思い、忍び込んだはいいがあの賭場は幻かえ」

と幸助が呟いた。

「鵺女の妖術に騙されたようだな」

「鵺が入間村の領内に入り込んでいるのは承知していたが、まさか浜の回船問屋まで手を伸ばしていようとは考えもしなかったぜ、南蛮の旦那」

「寺は大丈夫か、蝮」

「旦那の頼みの本筋だ、寺の警護は安心しねえ。旦那の親父様方の発案でさ、海防会議の参加者と寺の和尚らが一緒になって工夫も凝らされていらあ」

「ほう、父上がなんぞ工夫をなされたか」

「楽しみにしていねえ」

影二郎は入間深左衛門屋敷の亡骸に片手拝みした。すると蝮の幸助も真似た。

二人は屋敷の門を出て、息をついた。

「生き返ったぜ」

「蝮、助かった」

影二郎は改めて礼を述べた。

「旦那とて、おさよって女を信じていたわけではあるめえ」

「怪しんではいたが刑部鵺女の化身とは気付かなかった」

二人は入間の浜に出た。すると海蔵寺の石段から山門、塀などに般若心経の経文が墨書された白地の幟《のぼり》が林立しているのが月明かりに見えた。

「蝮、あれが父上の工夫か」

「いかにもさようでさあ」

「千代田の城を出られて父上もあれこれと智恵が加わったようだな」

「倅が南蛮の旦那だ。退屈もしますまいしあれこれと経験もなされよう」

「その父上も天下の大罪人の国定忠治にわが身を護られようとは努々《ゆめゆめ》考えもしなかったとよ」

幸助がけたけたと笑った。

「旦那、うちの一家が守護できるのはせいぜい寺の内、それも三日か四日が限度だぜ。鵺に下田奉行と鳥居の子分が加わるとなればせいぜい籠城戦も二日二晩が限度だねえ」

「蝮、集まりの御仁の中には江川太郎左衛門様のように南蛮の飛道具に詳しい方もおられる。ちょいと相談してみねえ、伊豆の代官どのが手ぶらで入間くんだりまで来たとも思えねえ」

「そうしよう」

と答えて寺に戻りかけた蝮が、

「南蛮の旦那、うちの親分の花道をなんとかつけてえ。旦那もお父っつぁんの供で日光社参には行かれような」

忠治の一の子分の蝮の幸助は、幕府の捕り方の厳しい追及に一人ふたりと腹心の子分を失う、親分の最後のときを考えていた。

「蝮、渡世人の花道は三尺高い獄門の上だぜ。下手なあがきは考えねえことだ」

「日光社参に悪さはするなと言われるか」

「こいつばかりは忠治の腹次第だねえ」

幸助から返事は戻ってこなかった。

「蝮、父上は近々筆頭大目付に就任なされる。日光社参をしくじれば腹を搔っ捌く掛よ。だからって行列に鉄砲の弾なんぞを撃ち掛けるなとは忠治に言いたくねえ。忠治はだれが真の敵か、承知の男だ」

「南蛮の旦那、だからこそよ、住み慣れた上州を捨てて伊豆くんだりまで遍路ご一行の警護に呼び出されたのさ」

「そう言うことだ、蝮」

「おれは最後のときに泡を食いたくねえ、立派に親分の意地を通させてえだけだ」

「蝮、昨夜、長津呂の湯の中で忠治の首を斬る役をこの夏目影二郎が務めると言い渡したばかりよ」

「首斬り人にこれほどの人間はいないぜ、親分が喜んだろう」

蝮の幸助の返答に安堵の色が漂った。

「蝮、だれにも死期はくる。慌てることもねえ、騒ぐこともねえ。忠治はその時を間違えねえ男よ」

「安心したぜ」

「日光社参がなんだか楽しみになってきた」

「南蛮の旦那、日光社参の路銀を海防に回すなんてどだい最初から無理な話なんだな」

「それを承知で五十九番札所に集まった面々さ。この国が滅びないための礎《いしずえ》になろうと自らの命を捨てた人間たちだ」

「そんな侍が幕府の中にいたんだねえ。集まりの間、きっちりと遍路衆の命を守り通してみせるぜ」

「頼もう」

二人は船と寺へ左右に別れた。

影二郎は浜に舫《もや》われた三百七十石船に戻った。

「夏目様」

と呼ぶ声がして煙草売りの杢助が舳先下の闇に座っていた。影二郎を待ち受けていた様子だ。

「鳥居奉行直々《じきじき》に下田にお出張りと報告が入っております」

「妖怪どのが城を離れるだと、それはあるまい」

影二郎は言下に答えた。

「もし鳥居忠耀が自ら出張り、海防会議を潰す行動に出たときは、李助こちらの負けだ。逃げる算段を考えたほうがいい」

「夏目様は鳥居様のお出張りはないと考えられますので」

「いかにもそいつはなかろうな、おれにも意地がある。月番を伊豆くんだりにうろちょろさせてたまるか」

と別の声が響いて着流しの影が立っていた。

「どなた様で」

と李助が聞いた。

「煙草売り、遠山の金さんを紹介しておこうか」

なんと、と李助がその先の言葉を口の中に飲み込んだ。

四

影二郎は船の中から伊豆八十八箇所霊場五十九番札所海蔵寺で行われる海防会議を寺の

外から注視していた。

会議は夜明け前、一同揃っての般若心経の詠唱に始まり、朝餉の後、昼の刻限まで講演と質疑、さらに昼餉を挟んで夕暮れまで再び佐久間象山や江川太郎左衛門や水戸藩の蘭学者らが講師になって異国事情、列強艦隊の軍事力、清国と阿片戦争などが講義された。

夕餉には酒が出た。そのせいで参加者の談論風発して更に盛んになって話が果てることはなかった。

影二郎は昼間体を休めるために仮眠し、夜、海防会議の参加者たちが寝入る刻限、船を出て山門前に孤独の影を仁王立ちさせていた。すると、あかが山門の中から姿を見せて、篝火に照らされた石段下に立つ主の傍らに寄り添った。

海防会議は三日目に入った。

下田から下田奉行所稲垣甚左衛門支配下の御用船が弓ヶ浜の手石湊に待機しているという情報がもたらされた。

一方、重要な参加者と目された肥前長崎からの船は一向に姿を見せる様子もなく、ついに三日目の夕暮れを迎えようとしていた。

そんな刻限、煙草売りの杢助があかを伴い、船に姿を見せた。

「夏目様、海防会議は終わりを迎えました。今宵が最後の夜にございます」

「成果はあったか」

「江川様は何も申されませぬが、わが藩の佐久間象山どのは同志と議論して有意義なり、日本の海防の基礎が固まったと申し、今後考えを整理していずれ機会を見て藩主に上申すると最前挨拶なされました」

この年の十一月二十四日に藩主にして老中・海防掛の真田幸貫に提出することになる『海防八策』である。象山の、

「天下当今の要務を陳ず」

と副題された考えの骨子は、この海蔵寺で議論された同志の考えを勘案しながら纏めたものとされる。

象山はこの『海防八策』の中で、

一　阿片戦争における英吉利国の清国への侵略

一　欧羅巴《ヨーロッパ》列強各国の軍事力と海外進出政策

一　英吉利政府と海軍の狙いが徳川幕府の日本であること

一　軽々に英吉利を始めとする貿易政策に応じる危惧

一　英吉利の貿易要請を断った場合の日本の危険性

などをつぶさに述べて、日本が列強各国同様の軍事力を保持する必要性を説くことにな

る。

朱子学の信奉者だった象山を変えたのは阿片戦争を巡る清国の運命だったといわれる。象山は、

「東洋の道徳、西洋の芸術（技術）」

の実践を心掛け、海防論者として知られるが攘夷派に暗殺される運命を持つことになる。

「よい会議であったろうな」

影二郎の問いに杢助が大きく頷いた。

「ならば皆様苦労のし甲斐があったというものじゃな」

「此度の会議が次なる行動へと結びつかねばなりますまい」

杢助が思わず侍言葉で応じた。

「おっとこれはご無礼を、わっしの考えなんぞはこの際どうでもようございますよ、夏目様」

「杢助、鵺が襲うとすれば今宵一夜か」

影二郎は船中から海と空を見た。最前から湿った空気が流れ始め、海面が荒れ始めていた。視線を転じた。

海蔵寺の石段、塀、境内、本堂、宿坊のあちらこちらに篝火が焚かれ、鵺が隠れ棲む闇を消していた。その篝火が風に大きく揺れていた。

「野分の前兆か」

「へえっ、気候の変わり目に差しかかったことは確かなんで」

「杢助、海蔵寺が風雨に晒されて闇に落ちたときが怖いな」

「夏目様のご忠言で伊豆の代官どのに面会致し、相談致しましたところ、異国製の洋燈《ランタン》なるものを用意されておるとか。闇に備え、全員が本堂に会し、ランタンを点して般若心経を唱える算段をしております。ただしランタンは数も多くございませんし、油にも限度がございますそうな」

「せめて夜明けまで持つとよいがな」

「それと江川太郎左衛門様からの言付けにございます。入間の浜から山道半里下った三ッ石岬に江川家の新造帆船が停泊しておるゆえ、夏目様にそう申し伝えろとのことにございました」

「自由に使うてよいと申されたのじゃな」

「いかにもさよう申されました」

杢助は影二郎と伊豆代官との付合いが今ひとつ理解できぬような表情で答えた。

影二郎は再び闇に落ちようとする海と空を見た。

「刑部鵜女一味が動き出すのは夜半過ぎと思わぬか」

「なんとも申せませぬな」

「太郎左衛門様の新造船を見てみよう」

杢助がしばし考えていたが、

「わっしもお供します」

と言うと杢助が艫櫓下の船頭部屋に向かった。しばらくすると二人の若い水夫を伴った杢助が姿を見せて、

「山道を歩くより海を三ッ石岬にいったほうが早うございますよ」

と松代藩の雇船の二丁艪の伝馬が下ろされた。

影二郎と杢助、それにあかが便乗し、荒れ始めた海岸沿いに南行し始めた。

影二郎は南蛮外衣を身に纏い、杢助も回し合羽で波飛沫から身を守った。あかは二人の間に蹲っている。

風に逆らい南に下ること半刻、千畳敷の岩場を廻った伝馬は三ッ石岬の入り江へと到着していた。すると影二郎が初めて目にする西洋式の小型帆船がひっそりと停泊していた。

高島秋帆が指導して駿河湾戸田沖で砲術訓練に使われた幕府の御用船新鷹丸と似ていた

が一回り小ぶりだった、石高でいうと五百石船級か。新造されただけにいたるところに工夫が施されているように思えた。船名が船の明かりに浮かんだ。

新韮山丸とあった。

「心強い援軍かな」

「ご存じで、夏目様」

「この帆船は初めて見るな、李助」

影二郎が伝馬の舳先に立ち上がった。

すると静かだった帆船からこちらを遠眼鏡で覗く様子があった後、

「出船用意!」

の号令が発せられた。

船上の動きが急に慌しくなった。

伝馬が帆船に横付けになり、縄梯子が下ろされた。

影二郎が縄梯子を駆け上がり、李助が抱え上げるあかを舷側から受け取った。その後、李助が帆船上に姿を見せた。

「夏目様、ようお戻りにございますな」

「また会うたな」

筒袖裁着袴《たつつけばかま》の西洋式制服を身に纏った主船頭が艫櫓から会釈を送ってきた。江川太郎左衛門が来るべき新時代に備え、伊豆領内から集めた若者に西洋の軍事調練を学ばせた農兵隊の主船頭と配下の面々だ。

　影二郎には馴染みの顔ばかりだ。

「このような世情にございますればわれらも夏目様も己の都合だけで身動きつきますまい」

「いかにもさようだ。父上が気紛れに遍路旅を望んだゆえ訝しいと思うたが、そなたの主どのが支配地の伊豆に戻って参ったわ」

　主船頭が笑みで答えた。

「夏目様、どちらに向かいますな」

「入間に戻る」

　首肯した主船頭が、

「抜錨！」

「帆桁上げえい！」

　ときびきびした号令を次々に発した。

　伝馬が新韮山丸の船尾に回されて縄で結ばれ、三百七十石の水夫二人が帆船に乗り込んできて、和船と西洋式帆船の違いに目を丸くした。

その間にも粛々と出船準備が整い、

「拡帆！」

の号令に主帆、補助帆、三角帆が次々に広がり、荒れる海に向かって新造帆船が雄々しくも動き出した。

急に風雨が激しくなっていた。

水密性能が高い船体構造の西洋式帆船でなければ航行は不可能だ。

和船は荷の積み下ろしが楽なように船体上部が揚げ蓋方式を取ったために水密性に劣り、蓋と船体の隙間から船体を洗う波が侵入してきた。

「風を上手に拾いよるぞ」

和船の水夫らはまた西洋式帆船の帆の効率性に驚嘆の声を上げた。

横桁だけの帆の構造と違い、西洋式帆船の帆は風を拾い易くかつ効率よく走るために各帆の角度が微妙に操作できた。

帆船は荒海の入り江を一気に南下し千畳敷の岩場を廻った。

「主船頭、下田奉行所の船が姿を見せましたぞ！」

帆柱上の見張り楼から声が響いた。

「何隻じゃえ！」

艫櫓の操舵輪付近に仁王立ちになり操船を指揮する主船頭が怒鳴り返した。

「三隻にございますぞ！」

「脅しじゃや、大砲二門用意！」

と号令が響き、高島秋帆が江戸の徳丸ヶ原で幕閣、諸大名方の前で披露したカノン砲二門が甲板に引き出され、甲板に固定された。

杢助、水夫ら三人は邪魔にならぬように影二郎とともに左舷側甲板へと移動した。船に乗りなれたあかも従った。

「夏目様、伊豆代官の江川様は異国通と聞いておりましたが大砲を積んだ帆船までお持ちでしたか。心強いかぎりにございます」

杢助が感嘆の声を上げた。

「杢助、西洋の列強各国の砲艦はすでに自力航行ができるぞ。砲術の威力も格段に進歩しておる。この新造帆船はすでに西洋では時代遅れの代物よ。最新式の西洋型砲艦とでは大人と子以上の差があろう」

「なんと」

「海防会議を開き、太郎左衛門様方が幕府の同志方に啓蒙警告なされたい点よ」

入間の浜が荒れる波間の向こうに見えてきた。

三百七十石船も上下に大きく揺れていた。

大砲はすでに実砲を装塡し、二門ともが砲門を沖合いの御用船へと向けていた。だが、甲板の影二郎らに御用船の姿は見えなかった。

「下田奉行支配下御用船、荒波のせいか退却していきますぞ！」

見張り楼から新しい報告が降ってきた。

「これで幕府内の内輪揉めはなくなったな」

影二郎の言葉に李助が頷いた。

「縮帆！　錨下ろせ！」

の号令が次々に飛んで帆船は船足を落とし、松代藩の雇船の隣に停船準備に入った。

影二郎は揺れる甲板から海蔵寺を見ていた。寺を闇から守る松明、篝火は風雨に激しく揺られて今にも消えそうだ。いや、すでに消えた明かりがあったし、影二郎らが見る前で新たに一つふたつと消えていった。

「この風雨では明かりが保たれるのは今しばらくじゃな」

海蔵寺の上空の闇に黒々とした渦が巻き、闇に戻った寺に襲いかかろうと動きを早めていた。

「主船頭！　自慢のカノン砲を左舷に移してくれぬか」

影二郎の叫びに艫櫓から忽ち機敏な号令が飛び、沖合いに向けられていた大砲二門が揺れる甲板上を移動してきて左舷側に固定された。これで砲口は陸側、海蔵寺へと向けられた。

「寺の屋根の上で渦巻く鴉の群れを見事撃ち抜いてくれ」

影二郎の声に、

「鴉にカノン砲が利くかどうか、試して見ましょうかな」

と嬉しそうに答えた主船頭が二門の砲身の角度を微妙に調整させ、

「杢助、そなたらは手で両耳を塞いでおれ」

大砲を近くで経験したことがない三人に影二郎が命じた。自らは足元のあかの耳を塞いだ。

「照準方」

「照準よし、砲撃準備完了！」

艫櫓と砲術方の間で命令と返答が交わされ、

「砲術方、交互砲撃用意！」

の新たな命が発せられ、続いて、

「砲撃！」

の声が呼応して、
ずずーずん！

と轟音が次々と響き渡ると船体が二度にわたり大きく振動した。

風雨を突いて二発の砲弾が弧を描いていくのがなんとか燃え続ける篝火に浮かび上がった。

一発は山側に逸れて飛び去った。だが二発目の榴散弾は、海蔵寺の屋根上に大きく渦を巻きつつ闇に戻る瞬間を待ち受ける、鵺の群れのど真ん中、

「渦の目」

に見事到達するとそこで榴散弾が爆発した。

げえええっ！

ぎゃああっ！

絶叫を残した鵺の群れの体が血飛沫とともに四方八方に千切れ飛び、風雨に消えていくのを影二郎らは見た。

「なんということで。京の都の猿ヶ辻の築地塀に何千年と巣食う鵺も西洋の砲弾には形無しですぜ」

と杢助の驚きの声が洩れた。

「船を下りる」

影二郎の声に伝馬船の水夫二人が西洋式帆船の農兵隊の若者に負けじと甲板を走り、船尾に繋がれていた伝馬に飛び移ると舷側に移動させてきた。

影二郎があかを抱き上げようとすると、
うおーん！

と吠えたあかが舷側を軽々と飛越え、海面に着水すると浜に向かって泳ぎ出した。

「杢助、異変が起こった。急ごう」

「へえっ」

新韮山丸の縄梯子を伝い、二人は揺れる伝馬に乗り移った。

伝馬が浜に向かい、漕ぎ出された。

影二郎はあかが浜に上がり、体を震わして水気を振い落とすのを見た。

海蔵寺から銃声が立て続けに響いた。国定忠治らが攻撃を始めた鵺女らに鉄砲を撃ちかけた音だった。

ぎえええっ！

鵺の悲鳴が上がった。

石段の篝火が山門下のものを残してすべて消えた。

闇が支配し、鵺の世界に変わろうとしていた。

闇に戻った海蔵寺の内部に、
ぼおっ
とした明かりが点された。

江川太郎左衛門が用意した洋燈《ランタン》の明かりだろうか。そして、般若心経が聞こえてきた。

鵺の攻撃から身を守るために最後に照らされた明かりと心経の声だ。

伝馬の舳先が浜の砂を噛んだ。

影二郎は浜に飛んだ。

一文字笠に南蛮外衣、その裾を翻して海蔵寺の石段下へと走った。

李助も続いた。

石段下であかが激しく吠え立てていた。

砲弾の攻撃から生き残った刑部鵺女らが山門下の明かりを吹き消し、本堂のランタンの、わずかな光だけになった。

銃声が何発か闇に響いた後、停止した。

「夏目様、闇夜に鉄砲の喩えだ。いくら西洋式の武器でも闇には通じませんぜ」

「待つがよい」

「待てとはどういうことで。お父上方は鵺に囲まれておりますぜ」

「おれの仲間もまた闇街道を旅する者たちよ、なんぞ工夫をしてくれよう」

影二郎は忠治の機転に期待をかけていった。

鵺の包囲網がさらに縮まり、心経の声が高まった。

危険が迫っていた。

堪えきれなくなったあかが石段を駆け上がろうとした。

「あか、しばし待て」

影二郎の制止の声にあかが思い止まった。

山門前に明かりが二つ投げられた。ランタンが投じられたのだ。それが山門下に転がり燃え上がった。すると最後の攻撃の瞬間を待っていた鵺の妖しげな姿が浮かび上がった。

刑部鵺女の大きな体を中心に七匹の鵺が蠢くのが見えた。

「鵺女、猿ヶ辻の築地塀に戻らぬか。千年の孤独を生き抜いたそなたの命を許して遣わそうぞ」

影二郎の声にしわがれ声が応じた。

「抜かしやれ」

「ならばそなたの命運、夏目影二郎が貰い受けた」

影二郎は南蛮外衣の裾を翻すと石段を駆け上がっていった。

鵺女が本堂への攻撃か影二郎か迷った末に七匹の手下に命《めい》を与えた。

七匹が影二郎に殺到した。

影二郎の南蛮外衣が風雨に抗して広がった。

夜の雨の中、ランタンの明かりに黒羅紗と猩々緋の花が咲いて、両裾の銀玉に生命が与えられた。七匹の鵺が包囲の輪を縮めて、口から、
ぬるり
とした液体を吐かんとした。

だが、一瞬早く銀玉が猿面の頭を次々に打ち据えて潰した。

げえええっ！

七匹が石段に転がり、のたうった。その動きが緩慢になり、奇妙な体は石段に吸い込まれるように消えていった。

「夏目影二郎、おのれは」

「鵺女、そなた独り生きていくわけにはいくまい」

けええっ！

と奇声を発した鵺女が山門下から虚空に高々と飛び上がると虚空で奇怪な体を反転させた。そして一直線に石段の途中に立つ影二郎に急降下してきた。

尻尾を形作る多頭蛇の口から液体が何条も飛んできた。

南蛮外衣が影二郎の頭上に投げ上げられ、再び大輪の花を咲かせると飛来する液体の前に塞がった。

影二郎は着流しでひっそりと石段に立っていた。

鵺女が南蛮外衣を蹴り除けて影二郎の痩身に襲いかかった。

腰の法城寺佐常が鞘走り、鵺女の異臭を間近に感じつつ引き回された。

反りの強い豪剣の切っ先が鵺女の狸の体を下から上へと深々と撫で斬った。

けええっ！

千年の孤独に耐えてきた鵺一族の長の奇妙な体が虚空にきりきり舞いすると海に飛び逃げようとした。だが、浜まで飛んだとき、力が尽きたか、紫の液体を体じゅうから吐き出しながら落下して転がった。

次の瞬間、風雨が消え、月光が入間の浜に戻ってきた。

ふうっ

影二郎は思わず息を吐いた。

どれほど時が過ぎたか。

ランタンの明かりの向こうから蝮の幸助の声がした。

「南蛮の旦那、わっしらはこれで」

「忠治に伝えよ。この借り、獄門台で返すとな」

満足げな含み笑いが闇から響き、忠治一家が入間の浜から消えた。


翌朝、石廊崎沖をいつものように上方と江戸を結ぶ弁才船《べざいぶね》、樽廻船など千石船の白い帆が長閑にも往来していた。

もはや海蔵寺に集まった海防会議の大半の面々は陸路海路で帰途についていた。

浜に常磐秀信、江川太郎左衛門らが松代藩の雇船が船出するのを見ていた。船中から江戸家老の内膳蔵人や杢助こと佐野橋忠三郎らが浜に向かって手を振った。

満帆に広がった十七反が三百七十石船を君掛根沖へと進め、船影が遠のいた。

「秀信どの、戸田湊に参りましょうかな」

と太郎左衛門が秀信に声をかけた。

秀信は韮山の代官屋敷に立ち寄り、太郎左衛門が企画している反射炉の設計図や見本を視察して江戸に戻る予定があった。大砲も船も反射炉に依る製鉄技術が基礎になった。

「新造帆船に便乗するのもなにかの経験かな」

影二郎が少し離れて浜に立つ着流しの遠山金四郎に声をかけた。

「金さん、ご一緒致しませぬか」

「影二郎さんや、わっしは船より陸路が性にあってまさあ」

北町奉行遠山左衛門尉景元が片頬に笑みを浮かべると、

「どなた様もご免なすって」

と言い、くるりと背を向けた。

天保十三年晩秋に下田近郊入間の浜、五十八番札所海蔵寺で行われた、「海防会議」

は徳川の公史にも正史にも載ることはなかった。だが、この集まりから二月余、佐久間象山が藩主にして老中・海防掛真田幸貫に『海防八策』として上申することになり、海蔵寺の集まりは一つのかたちをみた。

影二郎は千石船が入間の浜に向かって針路を変えたのを見ていた。船足を落とした千石船が浜に接近して仮泊した。

「おおい、こちらに伊豆代官様はおられるかよ」

艫櫓の船頭が船上から叫んだ。

「それがしが江川太郎左衛門である。何用か」

「おお、ちょうどよかったよ。わっしらは肥前長崎の廻船問屋万国屋の持船でございますがな、言付けを頼まれましたよ」

「言付けとはなんだな」

「長崎会所調役頭取《とうどり》高島秋帆様が長崎奉行伊沢様の手の者に捕縛なされましたぞ。そいつを伊豆代官様に知らせてくれとの長崎会所の言付けですよ！」

浜に戦慄が走った。

しばし重い沈黙が漂った。

「聞こえましたかえ」

「相分かった。ご苦労であったな」

江川太郎左衛門が応じると、

「わっしらは先を急ぐ身だ、これにてご免蒙りますよ」

と叫び返した千石船が影二郎の眼前で舳先を沖に向けて回頭した。

「鳥居め、伊豆に集まったわれらより高島秋帆どのが狙いであったか」

と秀信が苦悩の表情で吐き出した。

それが下田で行われた海防会議の結末だった。

影二郎は入間の浜を飛ぶ鷗《かもめ》に視線をやった。
長いこと海鳥が飛ぶ光景をあかと一緒に黙然と見ていた。
海は本格的な冬の季節を迎えようとしていた。

解説

細谷《ほそや》正充《まさみつ》
（文芸評論家）

二〇〇七年は、佐伯泰英ファンにとって、忘れがたい年となるだろう。それほど作者の話題が目白押しなのである。

まず最大の話題は六月に、ついに作者の百冊目の時代小説が上梓されたことだ。祥伝社文庫から出た、「密命」シリーズ第十七弾『初心　密命・闇参籠《やみさんろう》』である。作者が時代小説に手を染めたのは、一九九九年のこと。それから十年もたたぬうちに、百冊に達したのだ。しかも九十九冊目の『密命　烏鷺《うろ》・飛鳥山黒白《こくびやく》』と、同時刊行だというのだから恐れ入る。一月一冊以上のハイペースでの執筆を考えれば時間の問題ではあったが、実際に百冊達成を目の当たりにすると、感慨もひとしおだ。

同じく六月には宝島社から、ガイド・ブック『佐伯泰英！』も刊行されている。すでに『「密命」読本』『「鎌倉河岸捕物控」読本』と、シリーズの読本は出ていたが、佐伯泰英の時代小説全般を視野に収めたガイド・ブックは初めてである。ロング・インタビューや、既刊時代小説全冊ガイドなど、ファンにとっては嬉しい内容であった。

そして七月には、NHK木曜時代劇で「居眠り磐音 江戸双紙」シリーズを原作とした『陽炎《かげろう》の辻～居眠り磐音 江戸双紙～』の放映が開始。佐伯作品の初映像化となった。山本耕史が主人公の坂崎磐音を好演している。

このように楽しい話題が続く中で、作者の新刊が読めるのだから堪《たま》らない。それが本書『鵺女《ぬえめ》狩り』である。ご存じ「夏目影二郎始末旅」シリーズの第十二弾だ。

夏も過ぎた、天保十三年の江戸。老中・水野忠邦《みずのただくに》が推し進める天保の改革により、巷《ちまた》には庶民の不平不満と、怨嗟の声が満ちていた。天保の改革の実行者である南町奉行・鳥《とり》居《い》甲斐守忠耀《ただてる》（耀蔵《ようぞう》）は、名前を捩《もじ》って〝妖怪〟と呼ばれているほどだ。その鳥居忠耀と対立する大目付・常磐秀信《ときわひでのぶ》が、道中御奉行の兼帯を命じられた。将軍の日光社参を睨んでの兼任である。

「あらし山」で、秀信からこの話を聞いた夏目影二郎は、さらに意外な依頼を受ける。伊豆の遍路参りをする自分に、同道してもらいたいというのだ。要職にある秀信が、密かに遍路参りをするなど異例のこと。本人は口を閉ざしているが、裏に何らかの思惑があるらしい。

父親と、夏バテから回復したあかと共に、伊豆を目指す影二郎。もちろん父親との旅など初めてである。旅立ち早々から、何度も襲撃を受ける影二郎たち。やはりこの道程には、何事かあるようだ。途中、煙草売りの杢助《もくすけ》が道連れになるが、この男の素性も怪しい。危険と疑問を孕んだまま、旅は続く。その一方で旅路は、父子の絆を、さらに強くしていく。やがて明らかになる、秀信の崇高な目的。それを護るため、影二郎は、異形の敵・刑部鵺女一統に立ち向かうのだった。

北は恐山から、南は長崎までと、日本中を股にかける夏目影二郎だが、今回の旅は、いままでにない異色のものとなった。なにしろ実の父親との旅なのである。シリーズ開始以来、日本のために粉骨砕身する父親を見て、尊敬の度合いを深めていった影二郎。しかしそれは、公人としての父である。それが本書では、同じ道を歩み、同じ風景に浸ることで、肉親としての情を深めていくのだ。互いに響き合う、父と子の関係が素敵である。「居眠り磐音 江戸双紙」シリーズ第二十三弾『万両ノ雪』に付された「あとがき」のなかで、作者は、

「時代小説に転じたとき、私は現実社会を映したリアリティを改めて提供することはあるまいと考えた。それが人間の魂に触れ、肺腑を抉るものであったとしてもだ。

絵空事、嘘とすぐに分かる物語でもいい、浮世の憂さを晴らす読み物を書こうと思った。

父が倅を、娘が母を、女が男を、人が人を信じられる世間を描写しようと思った。読後に一時の爽快感を得られるような物語を書こうと思った」

と述べている。その作者の信念は、本書の影二郎と秀信に、しっかりと反映されているのだ。

また、初めて自分の足で旅をする秀信の、素直な感嘆にも注意を向けたい。見るもの聞くもの、すべて珍しい秀信は、ことあるごとに旅の素晴らしさを口にする。

ここから先は、うがった見方になるが、この秀信の姿に、作者はシリーズへの、新たな気持ちを込めたのではないだろうか。『初心　密命・闇参籠』の「あとがき　百冊出版、そして『初心』へ」で、作者はこういっている。

「百冊目の『密命』のタイトルを、『初心』としたのは作者自身がまず初心に戻る必要があったからです」

百冊以後、初めての「夏目影二郎始末旅」シリーズとなる本書で、同じように作者は〝初心〟に帰ろうとしたのではないか。シリーズ独自の魅力に、旅情があることを、あらためて確認しようとしたのではないか。そのために秀信に、影二郎との初めての旅に誘わせ、その魅力を表明したように思われてならないのだ。

さらに、チャンバラの面白さも見逃せない。物語の最初から最後まで影二郎の豪剣が、存分に揮われるのだ。なかでも夢想無限流棒術・鳩尾《みぞおち》帯水《たいすい》龍熾《たつおき》とその弟子六人との対決シーンは、影二郎の剣技が冴え渡る。集団殺法をものともしない影二郎が格好いい。

しかし本書の最大の敵役は、なんといっても刑部鵺女一統であろう。南町奉行・鳥居忠耀に雇われ、京都の千年の闇から這い出てきた刑部鵺女一統は、毒液を吐き、人間を喰らい殺す鵺を操る、異形の者だ。ちなみに鵺は、顔は猿、胴体は狸、手足は虎、尻尾は蛇で、トラツグミのような声で鳴くという、伝説の怪獣である。現代風にいうならば、キメラ(合成獣)といったところか。源頼政が紫宸殿で射殺したと伝えられており、『平家物語』を始めとする幾つもの物語に取り上げられている。

本書に出てくる鵺が、この鵺と同じものかどうかははっきりしないが、いずれにしろ恐るべき怪獣といえるだろう。影二郎と鵺との、異種格闘戦ともいうべき対決にハラハラドキドキなのである。

しかも作者が本書に鵺を登場させたのには、深い理由がある。内容に触れてしまうので、あまり詳しく書けないが、日本古来の伝説の怪獣である鵺は、世界の動きに目を向けようとしない頑迷固陋《がんめいころう》な鳥居忠耀たちの象徴となっているのだ。ラスト近く、影二郎たちは、ある武器によって鵺を叩くが、その場面はそのまま、世界に目を開く者と、逸らす者の違いを、表現しているのである。信じられないハイペースで、執筆を続ける作者だが、安易な書き飛ばしになることはなく、作品ごとにきちんとしたテーマや読みどころが込められている。佐伯人気の秘密には、こうした誠実な創作姿勢も、含まれているのであろう。

ご存じの人も多いと思うが、本書は当初、二〇〇七年の七月に刊行される予定であった。しかし作者の体調不良のため、十月に出版が延びたのである。その代わりというわけでもないが、光文社文庫編集部は七月に、無料小冊子『時代《とき》を斬る　佐伯泰英　長編時代小説』を、全国の書店に配布した。この小冊子の冒頭に作者は「新たな創作の『旅』へ」というエッセイを寄せている。そこで作者は、

「今度体調を崩して考えたことがある。私には物語を生み出した以上、そのシリーズの結末をちゃんと付ける責任があるということだ。

体調を今一度整え直して新たな創作の『旅』に出ようと思う」

と、述べているのだ。人気に溺れて、止め時を見失ったシリーズ物ほど、悲しいものは

ない。だから作者の発言は、歓迎すべきものなのだろう。だが、それを承知の上で、あえて我儘《わがまま》をいいたい。いつまでもいつまでも、夏目影二郎の新たな旅を追いかけていたいのだ。それがこのシリーズの熱烈なファンとしての、偽らざる心境なのである。

光文社文庫

文庫書下ろし／長編時代小説

鵺《ぬえ》女《め》狩《が》り

著者　佐《さ》伯《えき》泰《やす》英《ひで》

2007年10月20日　初版1刷発行

発行者　駒井　稔
印刷　豊国印刷
製本　ナショナル製本

発行所　株式会社　光文社
〒112-8011　東京都文京区音羽1-16-6
電話　(03)5395-8149　編集部
8114　販売部
8125　業務部

ISBN978-4-334-74330-7　Printed in Japan

お願い　光文社文庫をお読みになって、いかがでございましたか。「読後の感想」を編集部あてに、ぜひお送りください。

このほか光文社文庫では、どんな本をお読みになりましたか。これから、どういう本をご希望ですか。

どの本も、誤植がないようつとめていますが、もしお気づきの点がございましたら、お教えください。ご職業、ご年齢などもお書きそえいただければ幸いです。当社の規定により本来の目的以外に使用せず、大切に扱わせていただきます。

光文社文庫編集部